니체를
쓰다

큰 글씨 책

슈테판 츠바이크 평전시리즈 3

니체를 쓰다

초판 1쇄 인쇄 2020년 2월 26일
초판 1쇄 발행 2020년 3월 5일
-
지은이 슈테판 츠바이크
옮긴이 원당희
펴낸이 이방원
편집 김명희·안효희·윤원진·정우경·송원빈·최선희
디자인 양혜진·박혜옥·손경화
영업 최성수   **기획·마케팅** 정조연   **업무지원** 김경미
-
펴낸곳 세창미디어
출판신고 2013년 1월 4일 제312-2013-000002호
주소 03735 서울특별시 서대문구 경기대로 88 냉천빌딩 4층
전화 02-723-8660 | 팩스 02-720-4579
이메일 edit@sechangpub.co.kr | 홈페이지 http://www.sechangpub.co.kr
-
ISBN 978-89-5586-588-2 03850

이 도서의 국립중앙도서관 출판시도서목록(CIP)은 서지정보유통지원시스템 홈페이지(http://seoji.nl.
go.kr)와 국가자료공동목록시스템(http://www.nl.go.kr/kolisnet)에서 이용하실 수 있습니다.
(CIP 제어번호: 2020007001)

STEFAN

니체를 쓰다

ZWEIG

슈테판 츠바이크 평전시리즈 3

원당희 옮김

세창미디어
MEDIA

Friedrich
Nietzsche

프리드리히 니체
1844~1900

나는 철학자로서 할 수 있는
최고의 본보기를 보일 것이다.

CONTENTS

등장인물이 없는 비극

현존으로부터 최대 향락을 얻는다는 것은
위험하게 산다는 것을 의미한다.
–《반시대적 고찰》에서

프리드리히 니체의 비극은 모노드라마처럼 펼쳐
진다. 그렇기에 그의 비극은 삶이라는 짧은 무대장
면 위에 자신의 형상만을 올려놓는다. 눈사태처럼
무너져 내리는 그 모든 행위들에는 고독하게 홀로
싸우는 니체가 있다. 어느 누구도 그의 곁에 다가서
거나, 그와 마주치지 않는다. 어떤 여인도 그와 함께
머물며 긴장의 분위기를 부드럽게 다독이지 않는다.
모든 운동은 오로지 그로부터 시작되어 그에게로 되
돌아온다. 처음에 그의 그늘 속에서 등장하던 몇몇
인물들은 놀람과 경악의 손짓만으로도 그의 영웅적

모험을 따라가다가 점차 험악한 뭔가를 접하듯 뒤로 물러나 버린다. 어떤 유아독존의 인간도 이 숙명의 내적 원환으로는 감히 접근하지 못한다. 니체만이 언제나 혼자 말하고 투쟁하며, 언제나 자기 자신만을 위해 고뇌를 앓는다. 그는 어느 누구에게도 말을 걸지 않으며, 어느 누구도 그에게 대답하지 않는다. 그리하여 아무도 무서운 이야기를 그에게서 경청하려 하지 않는다.

　니체의 비극은 배우들이나 상대역, 청중도 없이 그 자신의 영웅비극만을 보여준다. 그뿐만 아니라 본래의 관람석, 풍경, 도구, 의상도 없어서, 마치 공기가 희박한 이념의 무대에서 홀로 연기하는 것처럼 보인다. 바젤, 나움베르크, 니스, 소렌토, 실스 마리아, 제노바 등의 이름은 그의 실제 거주지가 아니라 불타는 날개로 통과한 길들의 표시이거나 차가운 무대, 말 없는 색깔에 불과하다. 참으로 비극의 무대장치는 늘 동일하다. 고립, 고독, 저 끔찍한 침묵, 유리 안의 종처럼 그의 사유를 감싸고 있는 대답 없는 고독, 꽃이나 색채, 음향, 동물이나 인간도 없는 고독이 무대를 장식한다. 거기에는 신도 없으며, 돌처럼 굳어서 사멸하려는 원초세계의 고독이 지배적이다. 그러나 황량함과 삭막함을 더욱 무섭고 참담하게, 그러면서도 괴기하게 만드는 것은 도저히 이해할 수 없는 신비로움이다. 즉, 거대한 빙하와 황무지 같은 고독은 정신적으로 점점 더 미국화되어 가는 7천만 명의 국가, 철도와 전신, 군중의 소란으로 덜컹거리는 신독일의 한가운데, 병적일 만큼 신기한 문명의 한가운데 자리하고 있는 것이다. 여기서는 해마다 4만 권의 책들이 발간되고, 수많은 대학들이 날마다 문제점들을 찾아 탐구하며, 날마다 수백 개의 극장에서 비극을 공연하고 있지만, 그럼에도 가장 중심에 이토록 막강한 연극이 있다는 사실에 대해서는 결코 알거나 예감하지도, 느끼지도 못한다.

그럴 수밖에 없는 것이 프리드리히 니체의 비극은 가장 위대한 순간조차 독일에서 관객이나 청중, 증인도 확보하지 못했기 때문이다. 처음에 그가 교수로서 강의하고 바그너의 후광으로 쉽게 눈에 띄었을 때에는, 그의 말이 어느 정도 주목을 받았다. 하지만 그가 자신에 깊이 몰입하고 시대에 대해 외면할수록, 점점 더 그에 대한 관심은 사라져갔다. 친구나 다른 사람들도 그가 홀로 비장하게 독백하는 동안 하나 둘 소스라치게 놀라서 자리를 떴다. 그들은 점점 더 거세지는 변화, 점점 더 불타오르는 고독한 인간의 황홀경에 경악하면서 그를 운명의 무대에 홀로 있도록 내버려두었다. 점차 이 비극의 주인공은 불안해져서 허공에다 말하거나, 점점 더 크게 이야기한다. 반향이나 적어도 반발을 얻어내기 위해 점점 더 크게 외치고, 점점 더 제스처가 커진다.

그는 자기표현을 위해 도취로 넘쳐흐르는 디오니소스적 음악을 고안해낸다.—그러나 그의 말, 음악에 귀를 기울이는 사람은 아무도 없었다. 그는 희극이나 날카롭고 재치 있는 익살까지도 만들어내며, 자신의 엄숙함 대신 인위적인 즐거움을 자아내어 청중의 관심을 끌도록 갑자기 문장을 흥미롭게 비약하기도 했다.— 그러나 환호하며 손을 내미는 사람은 아무도 없었다. 그는 결국 춤까지 고안해 내는데, 그것은 위험천만한 검무였다. 다치고 찢기고 피를 흘리며 사람들 앞에서 새로운 예술을 선보이지만, 아무도 이 절규와 같은 농담의 진의를 예감하지 못한다. 이렇게 가벼운 연출에 내재된 어마어마한 열정의 의미를 알지 못한다. 우리의 세기가 선사 받은 전대미문의 정신적 연극은 청중과 반향 없이 빈자리만 남기고 끝났다. 철탑 꼭대기에서 빙빙 도는 그의 사상의 팽이가 어떻게 마지막으로 튀어 올랐다가 끝내 비틀거리며 추락했는지 그 누구도 눈여겨보지 않을 수 없다. 이는 "불멸을 위한 죽음이었다."

자신만의 고독한 존재, 이에 저항하는 대립존재라는 이중성은 매우 의미심장하며, 니체의 삶의 비극에서 성스러운 고난으로 작용했다. 다시 말해 이토록 풍요로운 정신이 이토록 파악불능의 침묵과 대립된 적은 결코 없었다. 그는 중요한 경쟁자의 은총을 한 번도 받은 적이 없었다. 그래서 가장 강렬한 그의 사유의지思惟意志는 "땅을 파듯 자체 내에 몰입하여 들어갔고", 자신의 슬픈 영혼으로부터 대답과 반명제를 끌어내지 않을 수 없었다. 핏자국이 밴 넝마를 걸치고 운명과 싸우는 광인 프리드리히 니체는 헤라클레스처럼 반인반마의 괴물 네수스의 불타는 옷을 찢어버림으로써 비극의 주인공이 되었다. 이는 맨몸으로 종국적 진리에 맞서기 위해, 아니 자기 자신에 대항하기 위함이었다. 그러나 맨살은 얼마나 추웠고, 정신의 참을 수 없는 절규를 어떻게 침묵으로 일관했을 것인가! "신의 살해자"를 뒤덮는 먹구름과 번개는 얼마나 무서운 하늘의 풍광이란 말인가! 그는 이제 자신과 상대할 경쟁자가 없어서 "자기인식자, 무자비한 자기학대자"로서 자기 자신을 스스로 공격했다. 그는 자신의 광기에 쫓기며 시대와 세계를 넘어섰고, 자기 본질의 한계를 초월했다.

　알 수 없는 열기에 몸을 격렬히 흔들고,
　뾰족한 얼음기둥 앞에서 덜덜 떨면서,

사상이여, 너에게 쫓기노라!

이름이 없는 자, 숨은 자, 무서운 자여!

그는 때때로 삶이 그를 생동하고 존재하는 모든 것의 밖으로 너무 멀리 던져버렸다는 것을 깨달았을 때, 경악의 눈빛을 지으며 두려움에 떨었다. 하지만 너무 과도한 출발을 돌이키기는 어려웠다. 그가 좋아하던 시인 횔덜린이 먼저 생각한 엠페도클레스의 운명을 그는 냉정하게 의식하며 실현해 나갔다.

하늘이 없는 비장한 경관, 관객이 없는 거인적 유희, 정신적 고독의 처절한 절규를 점점 더 강하게 억누르는 침묵의 침묵, 이것이 프리드리히 니체의 비극이다. 만일 그가 자신의 비극에 대해 열렬한 긍정을 표하지 않고, 그 유일성을 위해 특유의 냉혹함을 선택하고 사랑하지 않았다면, 아마 우리는 그의 비극을 무의미하고 잔혹한 본성에서 나온 것으로 기피했을지 모른다. 왜냐하면 그는 확고한 실존과 명료한 의식을 가지고 자발적으로 저 "특수한 삶"을 심원한 비극적 본능으로부터 일깨워 세웠으며, 자신에게서 "인간 삶에서 겪게 되는 가장 위험한 것을 시험하기 위해" 신에게 단독으로 도전했기 때문이다. "악마들이여, 어서 오라!" 대학 시절 니체와 그의 고전학과 친구들은 어느 즐거운 밤에 이렇게 호기 넘치는 불손의 말을 외치며 젊음의 힘을 과시한 적도 있었다. 그들은 악마들이 나타나는 시간을 위해 잠들어 고요한 바젤 시의 길거리를 향해 적포도주 잔을 눈에 보이지 않는 자들의 제물로 던지곤 했다. 이런 행위는 뭔가 예감하는 듯 유희를 촉발하는 환상적인 장난에 불과했다. 그러나 악마들은 부름을 듣고 그들이 원하는 대로 따라 나왔고, 그날 밤의 장난은 결국 운명의 비극으로 장엄하게 변했다.

그렇지만 니체는 자신이 강력하게 잡았다가 내던졌다고 느꼈던 그 무서운 요구를 떨쳐낼 수가 없었다. 운명이라는 망치가 그를 가혹하게 때리면 때릴수록, 강건한 그의 의지는 맑은 음향을 내면서 울려 퍼졌다. 그의 정신을 철갑으로 두른 삶의 공식은 고통으로 달아오른 귀뿌리 위에서 몇 배나 견고하게 단련되는 것이었다. 니체는 이렇게 말했다. "인간이 어떻게 하면 위대해질 수 있는가에 대한 공식은 운명을 사랑하라는 것이다. 우리가 운명을 사랑하게 되면, 우리는 다른 어떤 것도 소유하려 하지 않는다. 앞으로, 뒤로, 영원으로도 나아가려 하지 않는다. 필연적인 것을 견디거나 감추는 것이 아니라, 그것을 사랑하고자 한다."

그의 이 강렬한 사랑의 노래는 자신의 고통스런 절규를 힘찬 송가형식으로 울리게 했다. 그는 세상의 침묵으로 말미암아 넘어지고 짓밟혔다. 때로는 자기 자신과의 싸움에서 상처를 받거나 온갖 고통에 시달리기도 했지만, 그는 결코 손을 들지 않았다. 결국 운명이 그에게서 떠나려 했다. 그는 더 큰 것, 더 강렬한 고난, 더 깊은 고독, 더 완벽한 고통, 그의 능력으로 할 수 있는 최대의 것을 원했다. 방어를 위해서가 아니라 오로지 기도, 영웅의 비장한 기도를 위해서만 그는 두 손을 모았다. "운명이라고 불리는 내

영혼의 시련이여! 내 안에 존재하는 그대여! 내 위에 존재하는 그대여! 거대한 운명 앞에서 나를 보살피고 아끼기를!" 그러나 이렇게 위대하게 기도하는 법을 아는 자는, 그의 소원이 이루어지리라.

이중의 초상

화려함을 추구하는 자세는 위대한 것이 못 된다.
자세를 필요로 하는 자는 거짓말쟁이이다.
그럴싸한 인간들 모두를 경계하라!

열정적인 영웅 이미지? 번지르르한 거짓, 그럴싸한 전설이 그를 이렇게 꾸민다. 그의 머리는 고집스럽게 직각을 이루고, 높고 둥근 이마는 수심에 찬 듯 주름이 잡혔다. 머리칼은 팽팽한 목덜미 위에서 무성하게 흩날린다. 짙은 눈썹 아래로 매처럼 날카로운 눈초리가 번뜩이고, 강인해 보이는 안면 근육은 건강과 힘, 굳센 의지를 알려준다. 아르베르니족 추장을 연상시키는 남성적인 턱수염은 매섭게 다문 입술과 앞으로 돌출한 턱 밑을 향해 있는데, 그런 수염은 야만인 전사들에게서나 볼 수 있을 것 같다. 우리는 문득 이 강인해 보이는 사자머리를 보고 칼과 창, 사냥용 나팔을 지닌 바이킹을 떠올리게 된다. 그는 독일의 초인, 고대의 영웅 프로메테우스로까지 평가되고 있다. 우리의 조각가와 화가들은 이런 니체를 이해력이 부족한 인류에게 생생하게 보여주기 위해 정신적으로 고독한 자로 묘사하기를 좋아한다. 이해력이 부족한 사람들은 교과서에서 배우고 연극을 관람해도 비극적인 것을 극의 겉모습과는 다르게 이해할 능력이 없다. 진실로 비극적인 것은 결코 연극처럼 과장된 것이 아니며, 그렇기 때문에 니체의 초상은 그의 흉상이나 그림처럼 그럴싸한 모습이 아니다.

인간의 초상? 이를 확인하기 위해 알프스 지역의 호텔 또는 리구리아 해안의 6프랑짜리 초라한 식당으로 가 볼 필요가 있다. 무심한 손님들, 주로 "사소한 잡담"이나 나누는 노파들이 앉아 있었다. 이때 식탁의 종이 세 번 울렸다. 약간 꾸부정하고 불안해 보이는 인물이 어깨를 굽히고 문턱을 넘어섰다. 그는

낯선 사람들이 모여 있는 방으로 "거의 장님"처럼 더
듬거리며 들어섰다. 그는 마치 지옥에서라도 탈출한
사람 같았다. 깨끗하게 솔질한 검은 의복에 얼굴 또
한 어두웠다. 갈색의 무성한 머리칼이 물결치듯 흔
들렸고, 둥글고 두꺼운 안경 뒤로 보이는 눈동자 역
시 어두웠다. 그는 겁에 질린 듯 조용히 테이블 쪽으
로 접근했는데, 그의 주변에 심상치 않은 정적이 드
리워졌다. 그는 대화 모임 따위라고는 없는 그늘 속
에 살았던 인간처럼 보였다. 모든 소리와 소음에 대
해 신경쇠약에 걸린 사람처럼 불안해했다.

이제 그는 아주 공손하고 품위 있게 식당에 있는
손님들에게 인사했다. 인사를 받은 손님들은 그저
무심한 태도로 이 독일 출신의 교수에게 답례를 보
냈다. 근시안을 가진 교수는 조심스럽게 테이블에
다가가 이것저것 식성에 맞을 만한 요리를 면밀히
찾고 있었다. 차가 너무 강하지나 않은지, 음식에 지
나치게 양념이 많지는 않은지 검사하는 것이었다.
음식에 뭔가 이상이 있으면 예민한 장이 쉽게 자극

을 받았고, 어떨 때는 며칠 동안이나 신경이 요동치곤 했기 때문이다. 그의 자리에는 포도주잔이나 맥주잔, 커피를 비롯해 어떤 알코올성 음료도 없었다. 식후에는 시가나 담배도 피우지 않았다. 원기를 돋우고 기분을 전환해주거나 마음을 편안하게 하는 어떤 것도 그는 하지 않았다. 식사도 소식으로 하고, 식후에는 간간히 이웃사람과 나지막한 목소리로 고상하지만 의미 없는 몇 마디를 주고받는 것이 전부였다(수년간 대화를 거의 하지 않았던 사람처럼 수줍게 말하면서, 너무 많은 질문을 받는 것도 두려워했다).

식사를 마치면 그는 비좁고 옹색하며, 난방도 잘 되지 않는 셋방으로 올라갔다. 책상 위에는 어지럽게 늘어놓은 종이들, 메모지, 원고와 수정된 글들이 쌓여 있지만, 꽃이라든가 장식물은 전혀 없었다. 가끔 책이나 편지가 있기는 했으나, 그마저도 흔치 않았다. 방구석에는 그의 유일한 재산인 묵직한 궤짝이 놓여 있었는데, 그 안에는 두 벌의 상의와 여분의 정장 한 벌이 들어 있었다. 그 외에 몇 권의 책과 원고 뭉치가 전부였다. 쟁반 위의 아주 많은 크고 작은 병들과 팅크들은 모두가 비상약들이었다. 종종 몇 시간 동안이나 그에게서 감각을 빼앗는 두통에 대비한 약, 위경련 또는 구토에 대비한 약, 소화불량약이나 특히 클로랄과 베로날 같은 수면제들이었다. 정말 놀랄 만큼 약들로 가득했지만, 잠깐 억지 잠으로 휴식을 취하는 이 낯설고 조용한 방에서 그를 도와줄 것은 이 약들밖에 없었다.

외투를 걸치고 양털로 된 숄을 두른(난방이 제대로 되지 않아서) 그는 얼어붙은 손으로 몇 시간이나 흐릿한 눈으론 알아보지도 못할 글을 재빨리 써 내려갔다. 눈이 빨갛게 충혈되고 눈물이 흐를 때까지 그렇게 꼬박 앉아서 몇 시간이나 작업에 매달렸다. 어떤 조력자가 나타나 한두 시간 대필이라도 해주면, 그것은 정말 거의 있을 수 없는 행운의 날이었다. 날씨가 좋을 때면 이 고독한 사람은 늘 혼자서 산보를 나갔다. 산보 중에는 언제나 명상에 잠겼다. 도중에 인사를 나누는 일도 없었고, 동반자나 우연한 만남 같은 일도 전혀 없었다. 날씨가 나쁜 것을 그는 매우 싫어했다. 비나 눈이 오면 그의 눈이 아팠고, 그래서 종일 감옥 같은 방에 들어 앉아 있어야 했다. 그는 다른 사람을 만나러 내려간 적이 없었다. 저녁에만 과자 몇 개와 엷은 차 한 잔이 고작이었고, 그 뒤로는 즉시 길고 긴 고독과 사색의 연속이었다. 오랜 시간 그는 그을려 떨고 있는 램프 곁에서 깨어 있었고, 이로 인해 팽팽해진 신경은 부드럽고 나른하게 풀어지질 않았다. 이럴 때마다 수면제인 클로랄 병을 잡았고, 그러면 억지로 강요된 잠, 즉 사색에서 벗어난 자의 잠이 찾아오곤 했다. 그것은 광기에 쫓기는 인간 니체의 잠이 아니었다.

간혹 그는 침대에 하루 종일 누워 있었다. 의식을 잃을 만큼 구토와 경련에 시달리기도 했고, 때로는 관자놀이를 톱으로 써는 것 같은 통증도 있었다. 이럴 때면 거의 실명에 가까울 정도로 앞이 보이질 않았다. 그러나 어느 누구도 문병하러 오지 않았고, 뜨거운 이마에 물수건을 놓으려고 손을 내미는 사람

하나 없었다. 책을 읽어주거나 같이 담소할 사람, 그
와 함께 웃어줄 사람 하나 없었다.

그가 투숙한 셋방은 어디를 가나 마찬가지였다.
도시들만 종종 이름이 바뀌었다. 어느 때는 소렌토,
어느 때는 투린, 베니스, 니스, 마리엔바트로 이름만
바뀌었다. 그러나 셋방은 언제나 비슷했다. 언제나
낯설고, 춥고, 낡았고, 오래된 가구가 비치되어 있었
다. 방에는 작업용 책상과 고통의 침대, 끝없는 고
독이 함께 있었다. 그 길고 긴 유랑생활에도 불구하
고 친구들과 유쾌하게 즐거움을 나눈 적이 한 번도
없었고, 여인의 따뜻한 알몸을 함께 한 적이 없었다.
작업을 위해 홀로 수천 밤을 지새웠건만 명성의 서
광은 결코 찾아오지 않았다. 아, 니체의 고독은 얼마
나 더 지속될 것인가! 관광객들이 잠깐 들러 가곤 하
던 실스 마리아의 아름다운 고원보다 더 멀리 지속
될 것인가! 실로 그의 고독은 전 세계를 덮었다. 그
의 전 생애에 걸쳐 끝까지 계속되었다.

여기저기서 그는 낯선 인간, 방문객, 손님이었다.

그러나 인간을 그리워하는 마음의 겉껍질들은 이미 딱딱하게 굳어버렸다. 외로움이 몸에 밴 그는 누군가가 그를 다시 고독에 빠트려도 그리 큰 지장을 느끼지 않았다. "공동생활"은 15년의 유랑생활 동안 실종되어 버렸고, 대화도 싫증을 느낀 뒤로는 완전히 끊어져 버렸다. 대화는 오히려 자신에 탐닉하고 굶주려 있던 그를 짜증나게 할 정도였다. 간혹 행복의 미광이 잠깐이나마 빛을 발하기도 했다. 그것은 음악이었다. 니스에 있는 허름한 극장에서의 〈카르멘〉 공연, 어느 연주회에서의 아리아, 피아노에 앉아 있는 1시간 등이 그를 즐겁게 했다. 하지만 이런 행복 역시 너무 강렬해지고, "감동을 받은 그는 눈물을 흘렸다." 감동은 슬픔으로 느껴지거나 고통이 됨으로써 잠깐의 위안은 금방 사라지곤 했다.

15년간이나 셋방에서 셋방으로 옮겨 다니는 지옥의 길이 아무도 모르게 이어졌다. 대도시의 그늘 아래에서의 이 비참한 행보, 가구나 설비도 허름하기 짝이 없는 싸구려 하숙집, 불결한 기차여행, 수많은 병원 신세 따위에 대해서는 자신만이 알고 있었다. 그러는 사이에 시대의 흐름을 이루는 저 외부세계에서는 예술이나 과학의 다채로운 품목들이 저마다 목소리를 높이고 있었다. 거의 같은 시기에 도스토옙스키만이 마찬가지로 궁핍 때문에 도피해 있었다. 그 역시 러시아인들에게 망각된 채 어둡고 차가운 유령의 빛을 받으며 살아가고 있었다. 니체라는 거인의 작품은 매일같이 시련과 고통으로 죽어가는 나 병환자 나사로의 비참한 몰골을 여기저기에 감추어 놓고 있었다. 그의 깊은 곳에서 우러나온 창조의지의 기적은 죽어가는 그를 날마다 차갑게 일깨웠다.

15년간이나 방안에 들어박힌 니체는 죽음의 관 뚜껑을 열고 일어났다가는 엎어지기를 반복했다. 온갖 고통에 시달리고 사선을 넘나들었다. 에너지를 소진한 뇌가 거의 부서져나갈 때까지 부활에서 부활을 반복했다. 급기야 거리에서 쓰러진 세상에서 가장 낯선 사내를 낯선 사람들이 발견했다. 그들은 환자를 투린에 있는 비아 카를로 알베르토의 낯선 방으로 데려갔다. 그의 정신적 죽음의 증인이 아무도 없듯이, 그의 정신적 삶의 증인 또한 거의 없다. 그의 몰락을 두른 어둠과 성스러운 고독만이 존재한다. 정신의 찬란한 빛을 보여준 천재는 아무도 모르게 자신의 밤으로 깜박거리며 꺼져 들어갔다.

병에 대한 변론

나를 파멸시키지 않음으로써, 나는 오히려 더 강해졌다.

고문당한 육체의 아픔을 부르짖은 일은 헤아릴 수 없이 많았다. 육체의 위급함을 알려주는 백여 개의 목록표가 있는데, 그 아래에는 무서운 말이 적혀 있다. "평생 동안 과도한 고통이 소름 끼치도록 내 곁에 존재했다." 실제로도 모진 고통이 지긋지긋한 각종 질병에 의해 찾아들었다. 예를 들어 두통은 달고 살았다. 망치로 때리듯 심한 두통이 찾아오면, 종일 소파나 침대에 무감각하게 쓰러져 지냈다. 그런가 하면 객혈을 동반한 위경련, 열과 편두통, 식욕부진, 무기력증, 치질, 장 울혈, 오한 및 식은 땀, 이런 것들이 번갈아가며 그를 찾아왔다. 게다가 "장님에 가까운 눈"은 조금만 힘들어도 즉시 부풀어 오르고 눈물이 흘러내렸고, 정신적 노동자인 그에게 "매일 1시간 30분 정도 일할 수 있는 시력"만을 허락했다. 그러나 니체는 의사의 이런 권고를 무시하고 10시간이나 작업에 몰두했다. 그러면 이런 과도함의 대가를 톡톡히 지불해야만 했다. 과로한 두뇌에 열이 오르면서 두통에 시달리고, 그 통증은 심지어 온몸의 신경으로까지 번지곤 했다. 왜냐하면 저녁 때 몸이 지칠 대로 지치면, 두뇌가 갑자기 기능을 멈추는 것이 아니라, 온갖 상념을 만들어내면서 수면제를 먹어야 마비상태로 잠들 수 있었기 때문이다.

하지만 점점 더 많은 양이 필요했다. 니체는 약간의 선잠을 자기 위해 두 달 만에 50그램의 염소수산화물을 사용했다. 복용량이 늘어나면서 위장이 무섭게 거부반응을 일으켰고, 그로서는 많은 대가를 치르지 않을 수 없었다. 이제 토사곽란과 새로운 두통은 새로운 약을 요구하게 되는 악순환에 빠져들었다. 이렇게 자극을 받은 신체의 기관들은 냉혹하고도 끊임없는 상호관계를 갖게 되었고, 이에 따라 가시처럼 찌르는 고통은 신체 곳곳에서 번갈아가며 그에게 찾아왔다. 위와 아래 할 것 없이 돌아가며 아팠다. 약간의 만족조차 가질 여유가 없었고, 단 한 달도 유쾌하게 자신의 고통을 잊고 지낸 적이 없었다. 20년이 지나 그의 편지들을 살펴보았을 때, 신음소리가 터져 나오지 않는 편지는 얼마 되지 않았다. 지나치게 날카롭고 예민한 신경으로부터 고통 받는 자의 절규는 갈수록 더 광적이고 격렬해졌다. 그는 자신에게 다음과 같이 부르짖거나 글로 적었다. "차라리 죽는 것이 더 편하겠다! 이제 권총 한 자루를 생각만 해도 오히려 유쾌해진다." 또는 이렇게 말하기도 했다. "무섭고 거의 중단 없는 고문이 나를 덮치면, 나는 간절히 그것이 끝나기를 갈망한다. 그런데 몇 가지 징후로 미루어 나를 구원할 뇌졸증도 멀지 않은 것 같다." 오래전부터 그는 자신의 고통에 대해 어떻게 표현해야 할지 알 수가 없었다. 고통은 이미 통렬하게 반복되면서도 만성적이었다. 그의 참담한 절규는 거의 인간의 것이 아니었고, 실제로 인간을 향해 "개가 울부짖는" 형상이었다. 이때 갑자기 그의 저작《이 사람을 보라》에서는 당당하고 강렬한 그의 고백이 그동안의 모든 절규는 거짓이라고 질책한다. "전반적으로 나는 최근 15년 동안 건강했다."

　도대체 무엇이 맞는 소리인가? 수없이 내지르던 절규인가 또는 기념비적인 호언장담인가? 두 가지가 다 맞다! 니체의 신체는 전반적으로 강인하고 저항력도 있었다. 유전적으로 내려오는 내적인 근간 역시 웬만한 부담에는 견딜 만큼 넉넉한 능력을 갖추고 있었다. 그의 뿌리는 건강한 독일의 목사 집안에서 연원했다. 타고난 체질이나 기관, 육체적 내지 정신적 기반으로 보아도 전반적으로 그는 정말 건강했다. 단지 신경계통만은 그의 격렬한 감정에 대해 너무 약했고, 따라서 지속적으로 요동치고 있었다 (그러나 이로 인해 그의 강인한 정신력이 결코 동요하지는 않았다). 니체 자신은 언젠가 이 반쯤 위험하고 반쯤은 안정적 상태에 대해 "가벼운 총격"이라는 말로 적절하게 표현한 바 있다. 이런 정도의 싸움에서는 그의 힘의 내적 방어벽이 실제로 무너진 적이 한 번도 없었기 때문이다. 말하자면 그는 걸리버처럼 소인국에 살면서 몸을 간지럽히는 난쟁이 부족에 둘러싸여 고통을 받는 식이었다. 언제 닥칠지 모르는 신경의 영원한 경보에 대해 그는 쉬지 않고 망을 보며 지키고 있었고, 자기방어에 고통스럽게 주의를 기울였다.

하지만 실제로 병에 걸려(20년 동안 그의 정신의 요새 밑으로 갱도를 파내려가다가 돌연 그 갱도를 폭발시킨 저 유일한 병은 제외하고) 무너지지는 않았다. 니체처럼 강인한 정신력의 소유자는 가벼운 총격에는 굴복하지 않았다. 폭발만이 그런 정신의 화강암을 깨트릴 수 있었다. 이렇게 고통의 저항능력에 대해서는 고통의 힘, 섬세한 신경조직에 대해서는 격렬한 감정이 서로 맞서게 되어 있었다. 왜냐하면 니체의 경우 심장이나 감각과 마찬가지로 위신경은 지나치게 세밀하고 섬세한 압력계의 역할을 하고 있어서, 약간의 변화와 긴장만 있어도 고통스런 자극에 대해 엄청난 진동으로 반응했기 때문이다. 육체의 어느 곳도 이 예민한 신경으로부터 벗어날 수가 없었다. 보통 사람에겐 감지되지 않는 미열조차도 그에게는 즉시 전율하며 신호를 보내왔다. 이 "지나친 신경과민"이 그의 타고난 강건한 생명력을 갈기갈기 수천 조각으로 위험하게 분해시켰다. 이 때문에 그가 삶을 영위하면서 미동하거나 갑자기 걸음만 옮겨도, 이 예민한 신경의 한 부분만 건드리면 저 경악스런 절규가 터져 나왔던 것이다.

다른 사람들에겐 의식의 심층에서 가물거리는 미세한 움직임조차 그의 신경은 포착해냈다. 뭔가 약간 떨리는 기미만 있어도 그것을 분명히 고통으로 판단하는 끔찍할 정도로 무섭고 과민한 신경은 그의 고난의 유일한 뿌리인 동시에 그의 천재적 평가능력의 기반이기도 했다. 아마 정신적인 인간이 이토록 분위기에 민감하고, 체온계나 기압계처럼 정밀하게 반응하는 사람은 없었을 것이다. 그의 맥박과 기압,

그의 신경과 대기의 습도 사이에서 은밀한 전기접촉이 이루어지는 것처럼 보였다. 그의 신경은 날씨의 모든 높낮이와 압력에 따라 즉시 신체기관에 어떤 아픔이 있을지 예보하고, 자연의 폭동에 대해 같은 박자로 대처했다. 비가 오거나 날씨가 흐리면, 그의 원기가 저하되곤 했다("구름 낀 하늘은 나의 기분을 저하시킨다"). 구름이 두텁게 끼어 있으면, 그의 장기臟器에 곧장 반응이 왔다. 비가 오면 "우울해지고", 습기가 많으면 전신이 나른해졌으며, 날이 개면 생기가 나고, 해가 뜨면 구원을 받는 것 같았다. 겨울은 일종의 신경발작이자 죽음과도 같았다.

그의 신경은 청우계의 바늘처럼 예민하게 떨면서 외부의 변화에 대해 가만히 있지를 못했다. 구름 한 점 없는 풍경이나 바람 없는 엥가딘 고원에서도 가장 먼저 미세한 움직임에 반응했다. 저 밖에 펼쳐진 하늘에서 압력과 압박을 느끼듯, 그의 예민한 기관들은 정신의 하늘에서 압박이나 우울, 해방감을 느꼈다. 어떤 생각이 뇌리에 불현듯 떠오르면, 언제나 그는 신경의 팽팽한 다발을 통해 번개처럼 대처했기 때문이다. 니체에게서 사유행위는 너무나 열광적이고 섬광 같아서, 사고가 늘 변화무쌍한 뇌우처럼 민감하게 육체에 영향을 미쳤다. "감정이 폭발할 때마다 엄밀한 의미에서 찰나의 순간이 혈액순환을 변화시키도록 작동했다." 사상가 가운데 가장 힘찬 니체의 경우, 육체와 정신은 주변 분위기와 아주 긴밀하게 결합되는데, 이 때문에 그는 내부와 외부의 반응을 같은 것으로 감지했다. "나는 이제 정신과 육체의 어떤 것이 아니라, 제3의 어떤 것이다. 나는 온몸으로 완전하게 고통을 앓는다."

모든 자극을 하나하나 구별하는 천부적 소질은 그의 10여 년의 답답한 은거생활을 통하여 한층 더 섬세하게 길러졌다. 1년 내내 몸을 맞대고 지낸 자는 친구나 여인도 아닌 자기 자신이었고, 24시간 내내 이야기한 것도 자기 자신이었기 때문에, 그의 신경이야말로 끊임없이 대화하는 가장 친숙한 파트너였다. 그는 마치 모든 은둔자나 소외된 인간, 독신자나

기인들처럼 자신에게 몰두하면서 신체의 가장 미세한 기능적 변화까지도 자세히 살폈다. 다른 사람들같으면 대화나 일, 놀이나 부주의로 말미암아 자신에게 그리 관심을 쏟지 못했을 것이다. 아니면 술을 마시거나 무관심 때문에 자기 자신을 망각하고 지냈을 것이다. 하지만 천재적인 감별사 니체는 항상 심리학자로서 자신의 고통을 통해 신기한 쾌감을 얻고자 했고, "스스로 실험자 및 실험대상자"가 되고자 했다. 그는 ―의사인 동시에 환자로서― 끊임없이 날카로운 핀셋으로 신경의 통증부위만을 집어냄으로써, 강해질 대로 강해진 민감성을 한층 더 강화했다. 의사를 불신하던 그는 의사를 자처하며 평생 "자기 자신을 치료했다."

그는 생각할 수 있는 모든 수단과 치료법을 찾아서 시험했다. 예컨대 전기 마사지라든가 식이요법, 음료요법, 온천치료 등을 동원했다. 흥분을 낮추기 위해 브롬이라는 약품을 쓰는가 하면, 반대로 흥분을 고조시키기 위해 다른 혼합물을 사용하기도 했다. 날씨에 대해 민감했기 때문에 그는 끊임없이 특수한 환경, 그에게 적합한 장소, "그의 영혼에 아늑한 분위기"를 찾아다녔다. 공기가 맑고 바람이 없는 해안을 찾기 위해 루가노에 있다가도, 조건이 바뀌면 곧 페퍼스나 소렌토로 이동했다. 또한 레가츠의 온천이 통증을 완화하겠다 싶어 다시 장소를 옮겼고, 상 모리츠와 바덴바덴, 마리엔바트 등지에서의 온천욕은 그에게 효과가 있었다. 언젠가는 봄철 내내 엥가딘에 있었는데, 그는 거기서 "오존이 듬뿍 들어 있는 공기"를 마시며 아주 편안함을 느꼈다. 하지만 곧 "건조한 공기"가 필요해서 남쪽 도시 니스로 갔다가, 다시 베니스와 제노바로 떠났다. 그뿐만이 아니었다. 숲을 찾다가 바다로, 다시 호수로, 그다음엔 "몸에 좋은 음식물"을 섭취하기 위해 이런저런 소도시들을 찾아다녔다. 신경쇠약이나 신체기관의 긴장이 사라질 만큼 멋진 장소를 구하려고 몇 만 킬로나 기차를 타고 다녔는지 그 누구도 알 수 없었다.

그는 점차 고통의 경험으로부터 일종의 고유한 건

강지도를 만들어냈다. 알라딘의 반지처럼 환상적인 방식으로 발굴한 장소들을 기록하기 위해 두툼한 지리학적 작품들도 완성했다. 이로써 그는 육체에 대한 지배권과 영혼의 평화를 찾으려 했다. 아무리 멀어도 여행을 마다하지 않았다. 바르셀로나와 멕시코의 고원지대까지 계획에 들어 있었고, 아르헨티나와 심지어 일본까지도 고려의 대상이었다. 지리학적 상황, 풍토와 음식에 관한 식이요법은 갈수록 그의 개인적 학문으로 발전하고 있었다. 어느 곳에 머물든 늘 온도와 기압을 기록했다. 수질조사기구와 정수기를 가지고 그는 밀리미터 단위의 침전물과 습도 함유량까지 측정했다. 섭생에 대해서도 동일한 방식이 사용되었다. 마찬가지로 그는 전반적인 기록부, 조심스럽게 작성된 의료규칙을 가지고 있었다. 예를 들어 차는 몸에 좋은 효과를 내기 위해 특정한 상품과 특정한 강도여야 하고, 육류는 몸에 해로워서 피해야 하며, 채소는 특정한 방식으로 조리되어야 했다. 이렇게 해서 초긴장의 자기응시, 병에 가까운 독단론적 성향이 의학적이고 진단학적인 성과를 이루게 되었다. 니체에게 있어서 이 영원한 신체해부만큼 고통스러운 것은 없었다. 그는 늘 다른 사람보다 두 배의 고통을 앓았는데, 그럴 수밖에 없는 것이 그는 고통을 두 배로 체험했기 때문이다. 즉, 한 번은 실제로 다른 한 번은 자기관찰의 과정에서 체험했기 때문이다.

그러나 니체는 급회전의 천재였다. 위험을 기가 막히게 피할 줄 아는 괴테와는 상반되게, 그는 직접 위험의 중심으로 돌진하거나 황소 뿔을 잡고 흔드는 무모한 방식을 취했다. 심리학, 정신적인 것은 순수 감각적인 것을 고통의 깊이로 몰아넣었다. 그럼에도 바로 심리학이나 정신이라는 것 때문에 그는 다시 건강한 상태로 되돌아왔다. ─방금 나는 이런 점을 표현하려고 노력했다. 끊임없는 고통에 시달린 지 10년 뒤에 그는 "생명력의 정점"에 도달하는 것이다. 사람들은 진작부터 그가 지리멸렬한 상태라고 생각했었다. 신경쇠약이 극에 달해 절망에 빠진 채, 자포

자기自暴自棄에서 헤어나지 못한다는 것이었다. 바로 이때 니체에게서 섬광처럼 번뜩이는 자기인식과 자기구원의 한순간, 요컨대 진실로 영감에 고취된 "극복"의 자세가 부각되는 것이었다. 이는 그의 정신사를 대단히 극적이고 고무적으로 만든 사건이었다. 단번에 그는 자신의 토대를 허물던 병을 잡아채서는 뜨거운 전환의 계기로 삼았다. 참으로 비밀로 가득 찬 순간이 아닐 수 없었다. 오랫동안이나 니체는 자신을 위해 병을 "찾아냈는데", 그런 과정에서 불현듯 영감이 떠올라 작품을 썼다는 것은 매우 신비로운 순간이었다. 그는 병을 찾아가는 과정에서 자신이 계속 살아 있다는 것에 놀라움을 금치 못했다. 그토록 심한 압박감 속에서도 무기력에 빠지지 않고 오히려 자신에게서 생산성이 생겨났다는 데 놀라워했다. 그리하여 그는 이 고통과 결핍이 자신의 인생에서 유일무이한 성스러운 "사건"에 속하노라고 선포했다.

이제 그의 정신이 육체와 고통에 대해 더 이상 동

정심을 갖지 않게 된 이 순간부터 그는 최초로 삶을 새로운 관점에서 파악하게 되었고, 병을 보다 심원한 의미로 간주하게 되었다. 그는 두 팔을 펴고 병을 자기 운명에 필연적인 것으로 받아들였다. 그리고 병을 환상적인 "삶의 대변자"로 사랑하게 되었을 때, 그는 자신의 고통에 대해 차라투스트라의 긍정을 선언했다. "다시 한 번! 다시 한 번 영원히!"라고 고통에 대해 송가를 불렀다. 그는 병을 인정함으로써 인식에 눈떴고, 인식으로부터 감사함을 만들어냈다. 자신의 고통에서 눈을 돌린 더 높은 전망으로부터, 그는 이 세상에서 고통만큼 자신과 긴밀히 연관되고 자신에게 도움을 준 것은 없다는 사실을 발견하게 되었기 때문이다. 무엇보다 그는 원수 같았던 고문자 덕분에 자유라는 최고의 가치를 얻을 수 있었던 것이다. 그것은 외적 실존의 자유인 동시에 정신의 자유이기도 했다.

그가 쉬고, 게으르게 지내면서 포만해지고, 평범하게 지냈던 그 모든 곳, 일찍이 직업이나 직책, 정신의 형식 속에서 고착되기를 원했던 그곳에서 병은 그를 모질게 가시로 찌르며 밖으로 내몰았다. 병 덕분에 그는 군대를 면제 받아 학문의 영역으로 돌아올 수 있었다. 병 덕분에 그는 고전문헌학에 안주하지 않을 수 있었다. 병은 그를 바젤대학이라는 작은 서클에서 "여관방"으로, 아울러 세상으로, 끝내는 자기 자신에게로 내몰았다. 아픈 눈 덕분에 그는 "책으로부터 구원"을 얻을 수 있었다. 그가 말했듯이, 책은 그 "자신이 직접 입증했던 최대의 행복"이었다. 그를 두르고자 했던 모든 껍질로부터, 그를 에워싸기 시작했던 모든 연대로부터 그의 고통은 그를(괴롭게, 그러나 돕기 위해) 끌고나왔다. "병은 나를 나 자신으로부터 벗어나게 했다"고 그는 고백했다. 병은 그에게 내적 인간으로 다시 태어나게 한 산파였다. 병 덕분에 삶은 그에게 습관이 아니라 신생, 새로운 것의 발견으로 바뀌었다. "나 자신을 고려해보건대, 나는 삶을 새롭게 발견했다."

왜냐하면 고통만이 깨달음을 주었기 때문이다. ―

그는 고통을 짊어지고도 고통을 성스러운 것으로 찬미했다. 니체에 의하면 그저 유전적으로 물려받아 흔들림 없는 건강이란 무디고 발전도 없는 자족적인 것이다. 곰처럼 우둔한 건강은 아무것도 원치 않고, 아무것도 묻지 않는다. 그렇기에 건강한 자들에게는 심리학이 존재하지 않는다. 모든 지식은 고통으로부터 나왔다. "고통은 늘 원인에 대해 묻는다. 반면에 쾌락은 제자리에 머물러 뒤도 돌아보려 하지 않는 경향이 있다. 인간은 고통 속에서 점점 더 섬세해진다." 살을 파고, 깎고, 벗길 것 같은 고통은 영혼의 대지를 갈아엎는다. 이렇게 갈아엎을 때의 고통스러움이 새로운 정신적 열매를 맺기 위한 토양을 창출하는 법이다. "처음에 큰 고통이었던 것은 정신의 최종적 해방자로 바뀐다. 오직 고통만이 우리로 하여금 우리의 최종적 깊이로 침잠하게 해준다." 고통스러워 죽을 것 같은 사람에게는 다음과 같은 교만한 말도 가능하다. "나는 삶에 대해 더 많이 알고 있다. 왜냐하면 나는 삶을 잃을 수 있는 순간을 너무 자주

접했기 때문이다."

니체는 온갖 고통을 기교나 육체적 위기의 부정을 통해서가 아니라, 올바른 인식을 통해서 극복했다. 그는 최고 가치의 발견자로서 병의 진정한 가치를 발견했던 것이다. 그는 처음부터 믿음을 가진 것이 아니라, 오랜 고통과 고난의 과정으로부터 믿음을 만들어냈다. 그러나 그의 화학적 지식은 병의 가치뿐만 아니라 반대로 건강의 가치 또한 발견했다. 그 두 가지가 모여야 삶은 충실한 감정을 갖게 된다. 고통과 환희의 지속적 긴장상태가 있어야 인간은 무한한 세계로 달려갈 수 있다. 두 가지는 필수불가결한 것이다. 병은 수단으로서, 건강은 목적으로서 필요하다. 병은 출발지로서, 건강은 종착지로서 존립한다. 그 이유는 니체의 의미에서 고통이란 병의 어두운 한 면에 불과하고, 다른 한 면은 빛을 내며 반짝이고 있기 때문이다. 이른바 치유란 고통의 강변을 건너야 이루어진다. 하지만 건강하게 된다는 것은 일반적 삶의 상태 이상의 의미를 지닌다. 그것은 변화를 의미할 뿐만 아니라, 보다 확장된 상태로서의 상승, 고양, 정화를 의미한다. 니체에 의하면 "인간은 병에 걸려 따끔거리고 간질거리는 아픔을 맛보다가, 즐거움에 대한 보다 세련된 취미를 갖게 된다. 그뿐만이 아니라 훌륭한 모든 것에 대한 더 예민한 혀, 더 유쾌한 감각과 즐거움에 내재된 더 스릴 있는 제2의 순수를 얻게 된다." 인간은 병을 경험한 뒤 순진하게, 예전보다 백배는 더 세련되게 변모한다.

병을 앓은 뒤에 오는 두 번째의 건강, 맹목적으로 감수하는 것이 아니라 열망에 따라 강력하게 억눌러서 얻어지는 건강이 둔감한 쾌감이나 평소의 건강보다 천 배는 생동적이다. 수없는 한숨과 절규, 위기를 거쳐서 충분히 "경험되고 정복된 건강"이야말로 건강의 참된 의미인 것이다. 이 같은 치유의 달콤함, 짜릿한 도취를 한번 맛본 자는 계속해서 그런 순간을 체험하려는 열망에 사로잡힌다. 그런 자는 계속해서 뜨거운 고통의 유황 냄새나는 불속으로 기꺼이 몸을 던져서 "저 건강의 매혹"을 다시 경험하려고 한다. 이렇게 찬란한 황홀감은 니체에게는 술과 알코올의 저급한 자극을 대신했고, 또한 그런 자극을 훨씬 능가하는 것이었다.

그러나 그가 고통의 의미, 건강의 큰 희열을 발견하자마자, 그는 사도로 변신하여 세상의 의미를 추구하고자 했다. 마치 광기에 홀린 것처럼 그는 자신의 황홀경에 굴복하고, 더 이상 쾌락과 고통의 교대적인 유희에는 만족하지 않았다. 그는 가장 종국적이고, 가장 행복하며, 가장 강력한 치유를 향해 비약하려고 고통에 더욱더 깊이 침잠했다. 그리고 뜨거운 도취에 빠져서 점차 그의 건강에 대한 의지와 건강 자체, 그의 열기와 생명력, 그의 몰락의 비틀거림과 싸워 쟁취한 힘을 혼동하기 시작했다. 건강이여! 건강이여! 자신에게 도취한 자는 마치 군기를 흔들 듯 이 말을 마구 부르짖었다. 이제 건강은 세계의 의미, 삶의 목표, 모든 사물의 척도, 모든 가치의 시금석이 되어야만 했다. 그는 10년 이상 온갖 고통을 맛보며 어둠 속을 비틀거리며 걸었다. 이제 그의 부르짖음은 활력을 넘어서서 난폭하고 권력지향적인 힘의 찬가가 되어 울려 퍼졌다. 불타는 색깔의 깃발을 그는 펼쳐보였다. 그것은 삶과 견고함, 잔혹, 권력으로의 의지라는 깃발이었다. 그는 황홀경에 사로잡힌 채 그 깃발을 미래의 인류에게 가져가려고 했다. 군기를 높이 치켜들도록 그를 고무하는 힘은 동시에 자신에게 돌아올 죽음의 화살을 당기는 것과 같은 힘이라는 것을 그는 예감하지 못했다.

디오니소스 찬양으로까지 치닫게 되는 니체의 이 마지막 건강은 일종의 자기암시로서 "날조된" 것이었다. 그는 힘을 과시하며 하늘을 향해 환호하며 만세를 외쳤고, 《이 사람을 보라》에서는 전혀 아프거나 몰락의 조짐이 없는 것처럼 건강에 대해 호언장담했지만, 이미 뇌우를 알리는 번개가 그의 혈관에서 경련을 일으키고 있었던 것이다. 그에게서 찬미의 노래였던 것, 승리를 구가했던 것은 삶이 아니라 이미 그의 죽음을 알리는 전주곡이었다. 그가 빛으로 간주하거나 자기 힘의 찬란한 분출로 보았던 것에는 병의 치명적 발작이 도사리고 있었다. 마지막 순간에 그에게서 흘러넘쳤던 놀라운 쾌적감은 오늘날의 의사의 눈에는 죽음의 열락, 붕괴 직전의 전형적인 안정감으로 진단된다. 이미 저편의 다른 세계, 마법이 지배하는 세계로부터 그를 향해 은빛 광채가 떨면서 다가왔는데, 최후의 순간에 그는 그 광채의 물결에 휩싸여 있었다. 그러나 정작 본인은 도취에서 깨어나지 못한 채 그것을 알지 못했다.

그는 지상의 모든 광채와 은총이 자신을 휩싸는 것으로만 느꼈던 것이다. 잠시나마 그의 사고는 불처럼 뜨겁게 타올랐고, 언어는 가슴으로부터 힘차게 솟아올랐으며, 그의 영혼은 음악의 물결로 뒤덮여 있었다. 잠시나마 그가 바라보는 곳에는 평화가 그에게 손짓했다. 거리에서 만난 사람들은 그에게 미소를 지었고, 모든 편지가 신성한 내용을 전하는 복음과도 같았다. 행복에 겨워서 니체는 그의 마지막 편지에서 친구 페터 가스트Peter Gast를 다음과 같이 초대했다. "내게 와서 새로운 노래를 불러다오. 세계는

아름답게 변용되었고, 온 하늘이 기뻐한다네." 바로
이 아름답게 변용된 하늘로부터 불의 광채가 떨어져
내려 그를 맞혔다. 그리하여 그의 고통과 축복은 신
비스런 찰나의 시간 속으로 용해되어 버렸다. 감정
의 양극단은 동시에 그의 부푼 가슴으로 파고들었
고, 그의 파열된 관자놀이에서는 핏빛으로 물든 죽
음과 삶이 묵시록적 음악으로 합쳐져 울려 퍼졌다.

인식의 돈 후안

중요한 것은 불멸의 삶이 아니라, 영원한 생명력이다.

임마누엘 칸트는 인식이라는 성실한 부인과 평생 함께 살았다. 그는 40년간이나 그녀와 동침하면서 독일 철학의 일가를 이루었다. 오늘날에도 그 후손들이 독일 시민사회에서 일가를 이루고 살고 있다. 칸트와 진리의 관계는 일부일처제처럼 절대적이다. 그의 지적 자손들 가운데에는 셸링, 피히테, 헤겔과 쇼펜하우어라는 걸출한 인물들이 있다. 그들의 철학적 추진력은 전적으로 광기라고는 찾아볼 수 없는 보다 높은 질서로의 의지, 선한 독일의 전문적이고 객관화된 의지이다. 그들은 이런 의지를 통해 정신을 단련하고 현존재에 대해 질서정연한 건축술을 부여하고자 한다. 그들은 진리를 사랑한다. 그 사랑은 진지하고 지속적이며 영속적이지만, 거기에는 완전히 열정의 에로스가 결여되어 있다. 열망으로 애태우거나 자기 스스로를 불태워 없애는 열정이 부족하다. 그들은 진리를 죽을 때까지 자신들과 절연되지 않고 성실하게 남아 있을 부인이나 안전한 소유물처럼 느낀다. 이 때문에 그들이 진리와 맺고 있는 관계에는 집에서 구운 빵과 같은 어떤 것, 가계에 한정된 어떤 것이 계속 남게 된다. 실제로 그들 각자는 신부와 침대를 고려하여 자신의 집을 지어왔다. 정말 안전한 체계를 구축한 셈이다. 그들이 인류를 위해 카오스의 삼림에서 개간한 그들의 농토, 정신의 정복지를 그들은 써레와 쟁기로 훌륭한 농부처럼 잘 정리한다. 그들은 자신들의 제한된 인식을 조심스럽게 문화영역으로 밀어 넣은 뒤, 열심히 정신적 열매를 증가시킨다.

이에 반해 니체의 인식에 대한 열정은 완전히 다른 기질, 정반대의 감정세계에서 유래한다. 그의 진리에 대한 자세는 철저히 마성적魔性的인 쾌감, 결코 만족이라고는 모르는 뜨겁고 신경질적이면서도 호기심 어린 쾌감의 형태를 지닌다. 그의 진리에 대한 자세는 한 번의 결과에 멈추는 법이 없고, 그 어떤 대답에도 고착됨이 없이 연달아 질문을 퍼붓는 방식으로 나타난다. 그는 하나의 인식에 자족하는 것이 아니라, 그 인식을 맹세와 서약을 통해 자신의 여자, 자신의 "체계"와 "이론"으로 만들었다. 매사가 그의 흥미의 대상이었고, 그를 제자리에 묶어두는 것은 없었다. 어떤 문제가 알 수 없는 매력과 비밀, 처녀성을 상실하자마자, 그는 가차 없이 그것을 버리고, 냉담하게 다른 것을 찾았다. 행동에 있어 그의 형제인 돈 후안처럼 그렇게 하는 데 서슴없었다. 그도 그럴 것이 바람둥이가 온갖 여자를 겪어도 만족하지 못하는 것처럼, 니체 역시 온갖 인식의 과정에도 불구하고 도달할 수 없는 인식을 끊임없이 찾고자 했기 때문이다. 고통과 절망에 이르도록 그를 자극한 것은 정복하거나 정지하고 소유하는 것이 아니라, 끝없이 묻고 구하고 추적하는 것이었다. 불확실성, 확고하지 않은 것이 그가 사랑한 것이었다. ─남자가 여자를 "알게 됨"으로써 신비가 사라지게 되는 성서적 의미에서의 인식이 아니었다.

　가치전도의 달인인 니체는 인식행위나 점유획득의 어떤 것도 뜨거운 정신에 따라 실제로는 "최종지식"일 수 없으며, 종국적 의미에서 진리는 소유될 수 없다는 것을 알고 있었다. 그 이유를 그는 이렇게 설명했다. "내가 진리를 소유한다고 느끼는 자는 아주 많은 것을 놓친다." 이런 까닭에 그는 절약과 보존이라는 의미에서 살림을 꾸린 적이 한 번도 없었고, 정신의 집도 짓지 않았다. 그는 지붕과 여자, 아이, 하인도 없는 영원한 무산자이고자 했다. 그 대신에 사냥의 쾌감과 즐거움을 누리고자 했다. 그는 지속적인 감정을 사랑한 것이 아니라, 돈 후안처럼 "위대하고 황홀한 순간"을 사랑했다. 그를 유혹한 것은 오로지 정신의 모험, 저 "위험한 불확실성"이었다. 이런 일을 추구하는 한 뜨거워지고 자극을 받았으며, 이런 일을 붙잡는 한 권태롭지 않았다. 그는 이미 노획한 전리품은 필요 없었다.

그는 돈 후안Don Juan의 입장에서 인식에 관해 이렇게 설명한다. 돈 후안은 "정신, 자극, 사냥의 쾌감, 인식의 가장 높고도 먼 별들에 이르기까지 인식의 음모를 원한다.—인식의 절대적 고뇌 외에는 더 이상 탐색해도 얻을 것이 없을 때까지. 마치 압생트 술과 작별의 눈물을 마시는 술꾼처럼." 그렇다, 니체가 볼 때 돈 후안은 단순한 향락주의자나 호색한이 아니었다. 그렇게 보기에는 이 섬세한 감각의 귀족에게 소화의 서서한 즐거움이나 포만을 느끼는 느긋함, 승리에 대한 과시, 만족감이 결여되어 있었다. 엽색가인 그는 참을 수 없는 충동에 의해 영원히 쫓기는 자였다. 무분별한 유혹의 사내는 불타는 호기심에 유혹당하는 자였고, 순진한 여성들을 계속 시험해보려는 사내는 그렇게 하도록 시험을 당하는 자였다. 니체 역시 참을 수 없는 심리적 욕망, 묻고 싶은 욕망 때문에 계속 묻지 않을 수 없었다. 돈 후안에게 비밀은 모든 이들 속에 존재하며, 동시에 그 누구에게도 존재하지 않는다. 하룻밤을 지새운 모든 여인들에게 비밀이 있기도 하고 동시에 그 어떤 여인에게서도 영원한 비밀은 존재하지 않는다. 이와 마찬가지로 심리학자에게 진실은 모든 문제들 속에 일순간 존재하며, 또 그 어떤 문제에도 영원히 자리하지 않는다.

이 때문에 니체의 정신적 삶은 정지라곤 없었고, 바람 잘 날이 없었다. 그의 삶은 철저히 물살처럼 동요하고 흔들리면서, 돌발적인 급전急轉으로 가득 차 있었다. 다른 독일 철학자들의 경우 그들의 현존은 서서하고 쾌적하게 흘러갔으며, 그들의 철학은 한번 수습된 실마리를 꼼꼼하고 유쾌하게 펼쳐나가는 방식을 취했다. 그들은 마치 어딘가에 안주하듯이 느슨한 팔다리로 철학을 수행했다. 사람들은 그들의 사유행위가 이루어지는 동안 혈압이 올라가거나 그들의 운명에 열기가 가득 차는 것을 느낄 수 없었다. 그 누구도 칸트에게서 사색에 의해 철저히 파악된 정신, 창조와 형상화 때문에 고통을 당하는 정신의 동요하는 느낌을 받은 적이 한 번도 없었다. 쇼펜하우어는 《의지와 표상으로서의 세계》를 완성한 31세에 연금생활자의 쾌적한 삶의 성향을 보임으로써 나태함에 대한 씁쓸한 감정을 남긴 바 있었다.

그들 모두는 확고하고 분명한 걸음으로 스스로 선택한 길을 나아가는 데 반해, 니체는 항상 쫓기면서 자신도 모르는 길로 접어들곤 했다. 이런 이유로 니체의 인식의 역사는(돈 후안의 모험처럼) 완전히 극적으로 형성되었고, 위험하고 놀라운 에피소드의 연속으로 이루어졌다. 그것은 끊임없는 흥분의 도가니 속에서 돌발적 급전으로부터 더 높은 단계로 뛰어오르다가, 결국에는 바닥을 알 수 없는 곳으로 떨어져버리는 하나의 비극이었다. 그런데 바로 이 쉴 사이 없는 추구와 부단한 사유, 앞으로 나아가려는 광적인 강박이야말로 그의 실존에 전대미문의 비극을 부여했다. 그랬기에 그의 비극은(수공업적 성향, 시민적으로 느슨한 성향의 전면적 부재를 통하여) 우리에게 예술작품처럼 매혹적인 인상을 심어주었다. 니체는 영원히 사냥하는 동화 속의 거친 사냥꾼처럼 끊임없이 사유하도록 저주받고 심판을 받았다. 그의 쾌락이었던 것은 이로 인해 그의 고통이자 수난이 되어 버렸다. 그의 호흡과 문체는 도약적인 것, 뜨거움, 쫓기는 자의 고통을 지니게 되었다. 그의 영혼은 쉬거나 만족도 하지 못하는 인간의 갈망과 동경을 갖게 되었다. 니체에 의하면 "우리는 뭔가 쟁취하기를 좋아한다. 그렇다고 그것이 철저히 우리의 마음에 드는 것은 아니라고 우리의 내부에 있는 폭군이 말한다(우리는 이런 자를 우리의 더 높은 자아라고 부르고 싶다). 바로 이 더 높은 자아가 나의 제물이 된다." 그런데 인식을 위해 쉬지 않고 쫓기는 자 니체가 다음과 같이 부르짖는다면, 화살에 맞은 야수의 절규처럼 날카롭게 울려 퍼진다. "도처에 나를 위한 아르미드의 정원들이 존재하며, 따라서 언제나 마음의 새로운 균열과 새로운 괴로움이 생겨난다. 나는 피곤하고 상처가 난 발을 들어올려야 한다. 나를 견딜 수 없게 한 가장 아름다운 것에 대해 종종 원망스런 회상을 되풀이했듯이, 나는 그렇게 해야만 한다. —그 아름다운 것이 나를 견딜 수 없게 했기 때문이다!"

우리는 내면에서 울려나오는 이런 절규, 고통의 마지막 깊이로부터 나오는 이런 처절한 신음을 니체 앞에서 철학으로 불리던 그 모든 것에도 불구하고 그리워한다. 어쩌면 중세의 신비주의자들이나 고대의 이교도와 성자들의 경우, 간혹 니체와 유사한 고통의 열정이 음울한 말을 통해 흘러나오기도 했었다. 영혼을 바쳐 의혹의 연옥에 서 있던 파스칼도 추구하는 영혼의 처절한 고통과 비참함을 알고 있었다. 그러나 라이프니츠나 칸트, 헤겔과 쇼펜하우어의 경우, 결코 우리에게 이런 암울한 색조를 주지 않았다. 그럴 수 있는 것이 이 학문적 본성의 인간들은 너무 공정했으며, 그들의 노력은 철저하고 결단력 있게 전체적인 것에 영향을 미쳤기 때문이다. 하지만 그들은 몸과 마음, 운명까지 다 바쳐 인식을 얻기 위한 영웅적 투쟁에 뛰어든 것은 아니었다. 그들은 언제나 촛불처럼 적당히 뜨겁게, 머리로만 이지적인 자세로 타올랐다. 그들 실존의 부분, 세상과의 관계나 가장 사적인 것까지도 늘 운명으로부터 안전하게 머물러 있었다.

　반면에 니체는 모든 것을 다 바쳐 모험에 뛰어들었다. 그는 "호기심 어린 사고의 단순한 촉각"이 아니라 운명의 무게로 위험에 끊임없이 몸을 던졌다. 그의 사고는 단순히 머리에서만이 아니라 고통스럽게 요동치는 혈관, 경련하는 신경의 다발, 지칠 줄 모르는 감관, 삶의 감정의 모든 것으로부터 뜨겁게 용솟음쳐 나왔다. 이 때문에 그의 인식은 파스칼과 마찬가지로 "열광적 영혼의 역사"로까지 확대되었다. 그것은 목숨을 걸 정도로 위험한 모험의 상승된 결과, 즉 우리가 충격적으로 체험하는 삶의 드라마로 발전했다(반면에 저 안정된 철학자들의 전기는 정신적 초상을 조금도 확대하지 못했다). 니체는 그 혹독한 고난 속에서도 자신의 "위험한 삶"을 질서정연한 삶과 바꾸지 않았다. 왜냐하면 다른 철학자들이 그들의 인식을 통해 추구하는 것, 안정된 영혼의 휴식이라든가 과도한 감정을 피하려는 방어벽 따위를 그는 생명력의 저하로 보고 경멸했기 때문이다.

니체처럼 비극적 영웅에게는 "현존을 위한 비참한 싸움", 높은 안정성의 확보, 냉철한 가슴은 중요하지 않았다. 자기만족만 있다면 안정성이나 만족감은 필요 없었다. "우리가 어떻게 이토록 경이로운 불확실성과 현존의 다양성 속에서 살면서 물음을 던지지 않을 수 있겠는가, 물음의 욕구와 욕망 앞에서 어떻게 떨지 않을 수 있겠는가"라고 그는 자족적인 사람들을 당당하게 조롱했다. 그들이 확실성 속에서 안주하면서 그들 체계의 조개껍질 속으로 조용히 피신했어도, 위험한 급류, 모험, 영원한 황홀, 영원한 실망만이 그를 유혹했다. 그들이 계속 그들의 철학을 그들 체계의 따뜻한 집에서 행하고, 그들의 지식을 진지하고 꼼꼼하게 축적해 나갔을지라도, 유희와 자기 실존에 있어서 최종적인 것의 개입만이 그의 관심을 끌었다. 왜냐하면 단 한 번도 모험가인 그는 자기 자신의 삶을 소유한 적이 없었기 때문이다. 여기서도 그는 영웅적인 상승을 원했다. "영원한 삶이 아니라, 영원한 생명력이 중요하다."

니체와 더불어 독일에서 최초로 인식의 바다에 검은 해적깃발이 나타났다. 다른 종류, 다른 계보의 인간은 철학을 학문적 바탕에서 논의하는 것이 아니라, 전쟁터에 나서듯 철갑으로 무장시켰다. 니체 이전의 사람들, 그처럼 대담하고 영웅적인 정신의 항해자들은 대륙과 제국을 발견했었다. 그러나 그들은 어느 정도는 문명적이고 유용적인 의도에서 그곳을 정복하고, 지도를 사상의 미개척지로 넓히기 위함이었다. 그들은 정복한 신대륙에 깃발을 꽂고, 도시와 교회를 세웠으며, 미지의 영토에 새로운 길을 뚫었다. 그들을 따라온 총독과 감독관들은 이렇게 해서 생겨난 영토를 갈고 닦아서 수확을 거둬들였다. 개척자들을 따라온 사람들 중에는 언론인이나 교수와 같은 교양인들도 있었다. 하지만 그들 노력의 궁극적 의미는 언제나 평화와 안정, 휴식이었다. 이를 위해 그들은 규범과 법처럼 더 높은 질서를 유포하기를 원했다. 이들과 니체는 달랐다. 니체는 16세기 말 스페인 지배권에 출몰한 해적들, 거칠고 난폭한 일

군의 무정부적 혁명가들처럼 독일 철학의 영역에 들어섰다. 그에게는 국가나 지배자, 왕, 깃발, 고향과 체류 같은 것은 상관없었다. 저들과는 달리 니체는 자신을 위해서는 어떤 것도 정복한 일이 없었다. 그는 후세나 신, 왕, 신앙을 위해 정복한 것이 아니라, 오로지 정복의 기쁨을 누리기 위해 무엇인가를 정복했다. 왜냐하면 어떤 것도 얻어 쟁취하거나 소유하려 하지 않았기 때문이다.

"어정쩡한 휴식", 일체의 아늑함을 거부하는 열정적 교란자 니체는 인간의 안정적이고 향락적인 휴식을 깨트리지 못해 갈증을 느끼고 있었다. 그는 불과 공포로 냉철한 일깨움을 퍼트리고 싶었다. 평화의 인간들에게 무디고 어정쩡한 잠이 소중한 것처럼, 그에게는 냉철한 일깨움이 너무나 소중했다. 해적들이 지나간 자리가 그렇듯이, 그의 뒤에는 부서진 교회, 교권을 박탈당한 천년의 성탑, 무너진 제단, 더럽혀진 감상주의, 설득력을 상실한 논증, 파손된 도덕적 울타리, 불타는 지평, 용기와 힘으로 만들어진 무서운 등대 등이 남아 있었다. 그렇지만 한 번 얻은 것에 기뻐하거나 그것을 소유하려고 뒤를 돌아보는 일이 전혀 없었다. 미지의 것, 인식되지 않은 것이 그가 향하려는 무한지대였다. "권태를 쫓아버리고" 힘을 방출하는 것이 그의 유일한 즐거움이었다. 그는 어떤 종교에도 속하지 않고, 어떤 나라와도 결탁하는 법이 없었으며, 다만 꺾어진 돛대 위에 비도덕주의자의 검은 깃발을 달고 나아갔을 뿐이다. 성스러운 미지의 세계, 영원한 불명료성을 광적일 만큼 친숙하게 느끼며, 그는 새롭고 위험한 항해를 끊임없이 준비했다. 그 모든 위험 속에서도 니체는 홀로 당당한 해적의 노래, 불의 노래, 운명의 노래를 소리 높여 불렀다.

그래, 내가 어디서 왔는지 나는 알지,
타오르는 화염처럼 지치지 않고,
작열하라, 나는 나를 불태운다!
빛은 내가 붙잡는 모든 것,
숯은 내가 태워 남긴 모든 것,
불꽃이야말로 정령 나로다!

진실성에 대한 열정

계명만이 너에게 중요하다. 순수하라.

"새로운 열정 또는 합법성에 대한 열정"은 니체가 일찍이 계획했던 책의 제목이었다. 그는 책을 완결하지는 못했으나, 그 이상으로 삶에서 이를 증명했다. 그렇다! 열정적인 성실성, 열렬하면서도 고통에 이르도록 고조된 진실성은 니체에게 성장과 변화를 가져온 창조적 원천이었다.

성실성, 합법성, 순수성은 본래 일반 시민들이 자랑스럽게 그들의 덕성을 표현할 때 사용하는 개념이다. 그런데 "비도덕적 철학자" 니체에게서 그의 특유의 본성과는 달라 보이는 이런 성격을 발견한다면 조금은 놀랄 것이다. 소위 무덤까지 가져간다는 정직이나 성실성이란 정신적으로 올바르지만 빈곤한 사람들의 덕성을 지칭하거나, 철저히 평균적이고 인습적인 느낌을 담고 있을 수 있다. 그러나 느낌에 있어서 내용은 별것 아니고, 그 강도가 중요한 것이다. 이미 고정되고 조절된 개념을 다시 한 번 무한한 긴장상태로 상승시켜 재조명하는 것은 광적인 본성의 인간들에게 주어져 있는 법이다. 그들은 특성 없고 무미건조한 요소들에 대해 불의 색깔과 넘치는 황홀감을 부여한다. 광적인 인간이 파악하는 것은 언제나 새롭게 무질서하고 완전히 제어할 수 없는 힘으로 변한다. 그렇기에 니체의 성실성은 질서정연한 인간의 정확하지만 진부한 성실성과는 전혀 관계가 없었다.

그의 진리에 대한 사랑은 진리에 대한 열광, 명료성에 대한 열광이었다. 이런 열광이란 사냥감에 대한 섬세한 본능과 강력한 약탈욕구를 지닌 야생의 사나운 맹수와도 같은 것이었다. 니체의 성실성은 길들여진 가축의 온순함이나 장사꾼의 철저히 조절된 경계본능과는 전혀 상관없었다. 마찬가지로 눈을 가린 채 진리에 대해 미친 듯이 달려드는 여러 사상가들의 어리석은 성실성과도 상관없었다. 니체의 진리에 대한 열정이 종종 너무 거칠고 우악스럽게 표출되기도 했지만, 그것은 늘 지나칠 정도로 섬세하고 세련된 형태를 띠고 있었다. 다시 말해 그의 진리에 대한 열정은 고정화되거나 고착되는 것이 아니라, 사방으로 불길이 번지듯 모든 문제들을 철저히 고려하고 있었다. 개개의 문제를 구석구석 철저하게 다루면서도 쉽게 만족하는 법이 없었다. 열정과 성실성이라는 이원적 성격은 대단한 것이다. 즉 그에게서 열정이 정지되지 않듯이, 성실함 역시 정지되는 일이 없었다. 이렇게 위대한 심리학적 천재가 이렇게 윤리적 지속성과 개성을 동시에 소유하고 있었던 적은 아마 없었을 것이다.

그러므로 니체는 진정 명석한 사상가의 길을 가도록 예정되어 있었다. 심리학을 열정으로 이해하고 추구한 그는 자신의 본질을 오직 완벽한 것에 대해서만 표현되는 그런 희열을 가지고 감지했다. 내가 이미 언급했듯이 성실성, 진실성은 우리가 정신적 삶의 필연적 요소로서 느끼는 시민적 덕성이다. 하지만 니체의 경우 이 개념은 마치 음악을 듣는 것처럼 우리에게 다가온다. 그에게서 명료성은 마술로 변화했기 때문이다. 반쯤 눈이 먼 상태로 피곤하게 터벅거리며, 어둠 속의 올빼미처럼 고독하게 살아온 그는 심리학에서만은 날카로운 매의 눈을 가지고 있었다. 맹금처럼 그는 사유의 높은 하늘로부터 미세한 특징, 흔적도 없이 미미하게 떨고 있는 것을 한 치의 오차도 없이 일순간에 잡아냈다. 이렇게 대단한 인식의 소유자, 독보적인 심리학자 앞에서는 은폐나 위장술도 소용없었다. 뢴트겐 같은 눈빛은 옷이나 피부, 살과 머리털까지도 관통하여 문제의 핵심을 찾아냈다. 그의 신경은 정밀한 기계처럼 기압골의 모든 변화에 정확하게 반응했다. 마찬가지로 그의 날카로운 지각은 도덕적인 문제의 미세한 뉘앙스까지도 오차 없이 두뇌에 기록했다.

니체의 심리학은 딱딱하고 냉철한 오성의 산물이 아니라, 온몸으로 가치를 분별하는 초감각적 감수성에 내재된 것이었다. 그는 맛을 보고, 코로 낌새를 알아차렸다. "나의 천재성은 콧구멍에 있다"고 그는 말하기도 했다. "순수본능의 아주 섬뜩한 자극이 내게 어울리기 때문에 나는 모든 영혼의 가장 깊숙한 곳 또는 그 근처, 내부를 생리적으로 지각한다, 아니 냄새를 맡는다." 뭔가에 위선이나 아첨, 거짓, 상투적인 애국심, 몰염치 같은 것이 섞여 있다면, 그는 오차 없이 정확하게 그것을 알아차렸다. 그는 부패했거나 불량한 것, 몸에 해로운 것 또는 정신적으로 가련한 사람들의 냄새에 대해 날카롭게 감지하는 뛰어난 후각의 소유자였다. 이 때문에 —내가 전에 표현했듯이— 그의 육체에 대해 깨끗한 공기와 기후가 필수조건이었던 것과 마찬가지로, 명료함, 순수, 청결은 그의 지성에 대해 아주 필수적인 조건이었다. 여기서 실제로 심리학은 그가 요구한 바와 같이 "육체의 분석", 신경체계의 대뇌로의 연장을 의미했다.

다른 심리학자들은 이 타고난 감수성의 인간에 비하면 어딘지 둔감하고 부족한 것처럼 보인다. 니체와 유사한 신경조직을 지닌 스탕달조차도 그와는 비교할 바가 아니었는데, 왜냐하면 스탕달에게는 열정적인 색채, 격렬한 진동이 부족했기 때문이다. 그의 관찰방식이 좀 느슨한 데 반해, 니체는 마치 맹금류가 높은 곳에서 미세한 짐승을 향해 내려오듯 개별적인 인식에 혼신의 힘으로 달려들었다. 오직 도스토옙스키만이 그와 유사하게 날카로운 신경을 지니고 있었다(초긴장 상태, 병적이고 고통스런 감수성은 동일했다). 그러나 도스토옙스키는 진실성이라는 면에서 니체에게 뒤쳐져 있었다. 도스토옙스키가 조금은 부당하고 인식에 있어서도 극단적이었던 반면, 니체는 황홀경에 빠져서도 합법성을 잃는 법이 없었다. 아마 어떤 인간도 이렇게 타고난 천부적인 심리학자일 수 없었을 것이며, 어떤 지성인도 영혼의 변화막측한 기압에 대해 이렇게 민감하고 정확하게 측량하지는 못했을 것이다. 어떤 가치의 탐구자라 할

지라도 니체처럼 이렇게 상세하고 면밀하게 파악하지 못했을 것이다.

그러나 완벽한 심리학을 위해 아주 섬세하고 날카로운 메스나 정신의 엄선된 도구를 갖는 것으로는 충분하지 않았다. 심리학자의 손은 잘 단련된 금속처럼 강인하고 냉철해야 했다. 그의 손은 수술할 때 떨거나 소심해서는 안 되었다. 그도 그럴 것이 심리학이란 천부적 재능으로도 완전할 수 없으며, 그것은 무엇보다 성격의 문제, "알고 있는 모든 것을 생각할 수 있는 마음"의 문제였기 때문이다. 나아가 심리학은 니체처럼 이상적인 경우 인식의지라는 아주 원초적인 남성의 힘과 쌍을 이루는 인식능력이었기 때문이다. 제대로 된 심리학자는 자신이 볼 수 있고 또 보려고 하는 곳에 있어야 한다. 그는 감상에 사로잡히거나 사적인 걱정과 두려움 때문에 뭔가를 간과해서는 안 되며, 시시각각의 기분이나 주의할 점을 놓쳐서도 안 된다. "깨어 있는 것이 과제인" 올바른 측량사와 파수꾼들의 경우, 적당한 타협이나 관대함, 소심함이나 동정심, 시민 내지 평균적 인간의 유약함(또는 덕성)이 있어서는 안 되는 것이다.

전사들, 정신의 정복자들에게는 모험적인 정찰과정에서 포착한 어떤 진리를 선한 마음으로 인해 달아나게 하는 것은 허용되지 않는다. 인식이라는 것에서 "맹안盲眼은 오류가 아니라 비겁"이고, 선한 마음은 범죄인 것이다. 왜냐하면 수치와 아픔을 고려하고, 알몸의 절규나 추함에 대해 두려워하는 자는 결코 마지막 비밀을 밝혀내지 못하기 때문이다. 최종 한계까지 가지 않는 진리, 철저함이 결여된 진실성은 윤리적 가치를 갖지 못한다. 이 때문에 니체의 엄격함은 태만이나 소심한 사고로부터 결단을 위한 성스러운 의무를 소홀히 하던 모든 자들과 대립하게 되었다. 이 때문에 니체는 신이라는 개념을 비밀의 문을 통해 자기 체계에 은근히 집어넣으려 했던 칸트에게 분통을 터트렸다. 이 때문에 그는 철학에서 서로 눈을 깜빡이거나 모르는 체 눈을 감는 행위, 최종적 인식을 비겁하게 은폐하거나 없애버리는

"애매모호라는 악마"를 증오했던 것이다. 니체에 의하면 아첨하여 얻어내는 진리란 있을 수 없고, 신뢰하는 체 조용히 소곤거리는 비밀이란 존재하지 않는다. 강력하고 냉철한 추진력에 의해서만 자연은 자신의 가장 소중한 것을 드러낸다. 거친 태도에 의해서만 "위대한 양식"의 도덕에서 "무한한 요구의 경외심과 존엄"이 제시되는 법이다. 감추어진 모든 것은 무정한 손, 냉혹한 비타협적 태도를 요구한다. 성실성이 없으면 인식이 없고, 결단이 없으면 성실성이나 "정신의 양심"도 존재하지 않는다. "나의 성실성이 정지되는 경우, 나는 장님이 된다. 내가 알고자 하는 경우, 나는 성실하려고 한다. 다시 말해 냉철하고, 엄격하고, 긴밀하고, 준엄하고 가혹하려 한다."

이런 철저함과 냉철함, 가차 없음을 니체는 운명으로부터 선사받은 것이 아니었다. 무엇이든 날카롭게 포착하는 그의 형안 또한 마찬가지였다. 그는 휴식이나 잠, 안락함, 요컨대 삶을 희생하고 이를 획득했다. 처음부터 부드럽고, 선하고, 사교적이고, 쾌활하고, 완전히 호의적인 본성과는 담을 쌓았다. 그는 의지의 혹독한 강압을 통하여 이런 본성을 차단했고, 자신의 감정으로부터 냉정하게 쫓아버렸다. 자신의 반평생을 그는 많은 것을 외면한 채 치열하게 살았다. 우리가 그의 윤리적 과정의 고난을 함께 체험하기 위해서는 그의 내면세계를 통찰해야만 한다. 왜냐하면 니체는 "유약함"이나 부드러움, 선량함뿐만 아니라 사람들과 그를 연결하는 모든 것을 태워버렸기 때문이다. 그는 친구 및 인간관계, 사회적 연대를 상실했다. 그리하여 그의 마지막 삶은 점차 뜨거워지고 홀로 작열하여, 누군가 그와 접촉하려고 해도 뜨거워서 접근할 수가 없었다. 사람들이 상처가 나면 곪지 않도록 질산은을 가지고 부식요법을 사용하듯이, 그는 자신의 감정을 순수하고 성실하게 유지하도록 감정에 대해 부식요법을 사용했다.

니체는 최고의 진리를 얻기 위해 그의 의지라는 뜨겁게 달구어진 철을 냉혹하게 다루었다. 그랬기에 그의 고독마저도 강요된 양상을 보였다. 그러나 그는 철저한 광신자로서 자신이 사랑한 모든 것을 희생했다. 그의 친구관계에서 가장 훌륭한 만남이었던 바그너와도 그는 관계를 끊었다. 그는 스스로 가련해지고 고독해졌으며, 혐오스럽게 지냈다. 그는 은둔자로서 불행한 세월을 보냈다. 이 모든 것은 참된 자로서 남기 위해, 성실성의 사도직을 완수하기 위함이었다. 마성적인 인간들이 모두 그렇듯이, 열정은 점차 편집광이 되면서 그의 삶의 소유물을 몽땅 불에 태워버렸다. 그는 결국 이런 열정보다 더한 어떤 것도 알지 못했다. 그렇다면 여기서 교과서적인 질문들이 제기될 수도 있을 것이다. 니체는 대체 무엇을 원했고, 어떤 생각을 했는가? 어떤 체계, 어떤 세계관을 추구했는가? 그는 아무것도 원치 않았다. 다만 진리 자체를 위한 열정만이 그의 내부에 가득했다. 그의 열정은 "목적"에 관해서는 아는 바가 없었다. 니체는 세상을 개선하거나 가르치고, 세상 또는 자신을 진정시키려고 생각한 적이 없었다.

그의 열광적인 사고 자체가 자기목적이고 자기향

유였다. 마성적인 열정이 다 그렇듯이, 그의 사고는 완전히 개인적이고 이기적이며, 본질적인 환락과도 같았다. 이렇게 열정을 태워버리는 행위에는 어떤 "교리"나 어떤 종교도 들어설 자리가 없었다("나에게는 종교설립자의 기질 같은 것은 전혀 없다. 종교란 천민의 사건이다"). 그는 "독단화의 치기 어린 행위와 어리석음"을 넘어선 지 오래였다. 그의 철학하는 방식은 예술을 하는 것과 같았다. 따라서 순수 예술가로서 결과나 냉정한 결실이 아니라 하나의 양식, "도덕에서의 위대한 양식"만을 추구했다. 그는 완전히 예술가처럼 돌발적인 영감의 그 모든 전율을 체험하고 향유했다. 아마도 바로 이 때문에 니체를 철학자, 즉 지혜를 의미하는 소피아의 친구라고 부르는 말의 오류가 있었는지도 모른다. 이유인즉 열정적인 인간은 지혜로운 것과는 반대인 경우가 많기 때문이다. 아무튼 그를 통상적인 철학자의 목적이나 감정의 부유, 휴식과 긴장이완, 평온, 포만하여 "어정쩡해진" 지혜의 관점에서 보는 것보다 더 낯선 것은 없었을 것이다. 그는 일회적 논증으로 판단하려는 경직된 관점과는 거리가 멀었다. 그는 논증들을 "사용하고 소모하고는" 기존의 획득한 것은 내던졌다. 그가 이해하던 진리는 경직되고 굳어진 형태가 아니라, 불처럼 타오르는 참된 존재로의 의지, 가장 높은 의미에서 삶의 충일이었다. 그는 다른 대다수의 철학자처럼 휴식을 찾지 않았고, 광기의 명을 받는 충복으로서 흥분과 운동의 최상급을 추구했다. 그러나 도달할 수 없는 것을 얻으려는 모든 투쟁은 영웅적인 것으로 상승했다가, 다시 필연적으로 가장 성스러운 귀결인 몰락으로 이어졌다.

니체처럼 그런 성실성에 대한 지나친 갈망, 냉혹하고도 위험한 요구는 세계와 필연적으로 어마어마한 갈등에 빠지지 않을 수 없었다. 삶이란 종래는 화해와 관용으로 귀결되는 것이 보통이었다(천성적으로 자연의 본질을 현명하게 반복한 괴테는 이를 일찍부터 인식하고 실천했다). 니체가 균형을 유지하기 위해서는 바로 평균적 인간들처럼 관용과 타협, 협정이

필요했다. 하지만 자연을 거스르고 절대적으로 신인
紳人동형적 요구를 행사하는 자는 이 세상에서 화해
하고 관용하면서 표피적인 삶을 살 수가 없는 법이
다. 수천 년 동안 내려온 굴레와 인습적 협정의 그물
망에서 과감히 벗어나려는 자는 뜻하지 않게 사회와
자연의 천적관계에 빠지게 된다. 한 개체가 "전적으
로 순수해지고자" 가혹하게 요구하면 할수록, 시대
는 그만큼 더 적대적으로 그에게 등을 돌린다. 이제
이런 자는 횔덜린처럼 주로 산문적인 삶을 시적으로
이행하기를 고수할 것인지, 아니면 니체처럼 현세적
관계들의 끝없는 혼란을 "명료하게 사유하는" 길을
고수할 것이지 선택해야 한다. ―아무튼 현명하지는
않지만 영웅적인 갈망은 무모한 모험가를 철저히 고
립에 빠트린다. 이는 장엄하지만 전망 없는 전쟁인
것이다.

니체가 "비극적 정조情調"라고 칭했던 것, 즉 어떤
감정을 극단화하려는 결단은 정신에서 운명으로 바
뀌며 비극을 야기한다. 삶에서 개별 법칙을 짜내려

하는 자, 무질서한 열정들 속에서 단 하나의 열정만을 관철하려는 자는 누구나 외롭게 고독한 인간으로 파멸을 맞이한다. 그가 무의식적으로 행동하면 어리석은 공상가이고, 그가 위험을 알면서도 그 위험에 도전한다면, 그는 영웅인 것이다. 성실성에 있어서 열정적이었으면서도, 니체는 앞뒤를 분간할 줄 알았다. 그는 자신이 겪게 될 위험을 알고 있었고, 자신의 사고가 비극적 중심을 위험하게 선회하고 있다는 사실 또한 첫 저작물을 발표했을 때부터 알고 있었다. 그는 얼마나 위험한 삶을 살고 있는가를 ―정신의 비극적 주인공으로서― 잘 알고 있었다. 그러나 그는 자신의 삶을 파멸에 빠트릴 위험 때문에 삶을 사랑했다. "베수비오 화산에 너희들의 집을 지어라"라고 그는 철학자들에게 외침으로써, 그들로 하여금 더 높은 운명의식을 갖도록 자극했다. "인간이 살아가면서 갖게 될 위험성의 정도"는 그에게 얼마나 위대하게 사는가에 대한 유일한 척도였기 때문이다. 니체는 숭고한 게임에 모든 것을 거는 자만이 무한성을 얻을 수 있으며, 자신의 생명을 거는 자만이 자신의 밀폐된 삶의 형식에 영원한 가치를 부여할 수 있다고 보았다. 그리하여 "진리만 성취된다면, 생명을 잃어도 좋으리라"고 그는 단언했다.

열정은 그에게 현존보다 더 중요한 것이었고, 삶의 의미는 삶 자체보다 우위에 있었다. 무아지경의 니체는 점점 더 엄청난 힘으로 자신의 사고를 키워나갔고, 자신의 운명까지도 뛰어넘었다. 그는 이렇게 선언했다. "우리 모두는 인식의 몰락보다는 차라리 인류의 몰락을 원한다." 그의 운명이 위험에 빠지면 빠질수록, 정신의 더 높아진 하늘에서 섬광이 자신을 향해 번쩍이는 것을 느꼈다. 그럴수록 마지막 투쟁에 대한 그의 갈망은 더욱 도발적이고 모험적이 되었다. 그는 자신의 파멸 직전에 이렇게 말했다. "나는 나의 운명을 알고 있다. 언젠가 내 이름을 놓고 엄청난 어떤 것에 대해 회상하게 될 것이다. 이 세상에 없었던 위기라든가 가장 깊은 양심의 저촉에 대해 거론하게 될 것이다. 기존에 믿었던 것, 신성시

되었던 모든 것을 쫓아버린 결단에 대해서도 이야기하게 될 것이다."

그러나 니체는 그 모든 깨달음의 마지막 심연을 사랑했고, 그의 존재는 치명적인 결단을 향해 돌진했다. "인간은 얼마나 많은 진리를 감당할 수 있는가?" 이것이 평생 동안 용감한 사상가 니체가 제기한 핵심적 물음이었다. 하지만 인식능력의 척도를 완전히 간파하기 위해 그는 안전지대를 벗어나서 인간이 더 이상 견디지 못하는 단계에 도달하고 말았다. 최종적 인식이 죽음과 교차하는 그곳에는 빛이 너무 강해서 눈도 뜨기 어려웠다. 이 마지막 행보가 바로 그의 운명비극에서 가장 잊을 수 없고 가장 강렬한 순간이었다. 이 순간보다 그의 정신이 더 명료하고, 그의 영혼이 더 뜨거운 적은 없었다. 그의 말은 이제 환호성과 음악이 되어 울려 퍼졌다. 그는 알고자 열망하면서, 그의 삶의 정상에서 파멸의 심연으로 추락했다.

자기 자신을 향한 변전

허물을 벗지 못하는 뱀은 파멸한다.
자신의 견해를 바꾸지 못하는 사람들의 정신도 그러하다.
그런 정신은 정신이기를 중지한다.

질서의 인간들은 유일한 것에 맹목적으로 맞서기를 좋아하면서도, 적대적인 것에 대해서는 속일 수 없는 본능을 갖고 있었다. 니체가 그들의 튼튼한 울타리에 불을 지르는 비도덕주의자로서 면모를 나타내기 오래전에, 그들은 그를 적대시했다. 그들은 니체가 자신을 아는 것보다 더 많이 그에 대해 알고 있었다. 영원한 국외자인 니체는 처음부터 그들에게 불편한 존재였다. 그는 철학자, 고전문헌학자, 혁명가, 예술가, 문학가, 음악가로서 다방면에 걸쳐 활동하고 있었기 때문이다. ─각 분야의 전문가들에게 경계를 무너트린 자로서 미움을 받고 있었다. 니체가 고전문헌학에 대한 작품을 발표하자마자, 같은 분야의 연구자인 빌라모비츠Wilamowitz가 동료들 앞에서 그를 공개적으로 비난했다(니체가 불후의 명사로 성장하는 반세기 동안, 그는 태도를 바꾸지 않았다).

마찬가지로 바그너 신봉자들은 당연한 듯이 니체에게 불신의 눈초리를 보냈고, 철학자들도 같은 태도를 보였다. 고전문헌학에서도 그는 이미 동료들에게 미운 털이 박혀 있었다. 변화의 조짐을 알고 있던 천재 바그너만이 나날이 성장하는 미래의 적을 존중해주었다. 하지만 다른 사람들은 그간의 대담한 행적을 보고 그가 믿지 못할 인물이라는 것, 그들의 논증에 성실하게 남아 있지 않으리라는 것을 즉시 감지하고 깨달았다. 주변 사람들은 물론이고 자기 자신에게도 구속되지 않으려는 저 자유분방한 자의 절도 없는 방종을 알아차렸다. 오늘날까지도 각 분야의 전문가들은 니체의 권위가 그들의 기를 꺾고 위협하기 때문에, "추방된 왕자"를 다시 하나의 체계,

학설, 종교, 복음전파자의 좁은 틀에 끼어 넣기를 즐겨하는 것이다. 그들은 니체를 논증에 묶거나 세계관 안에 가두어서, 자신들처럼 경직된 모습으로 간직하려고 한다.—그가 가장 두려워하던 것도 바로 이런 것이었다. 그들은 확정적이고 논박의 여지가 없는 것을 무방비한 그에게 강제로 떠밀어 넣고, 그의 유랑자적인 것을 그가 가진 적도 없고 동경한 적도 없는 집안에 가두어두려고 한다(그는 지금 무한한 정신세계의 정복자로 우뚝 서 있다).

그러나 니체는 하나의 학설이나 논증에 구속되고 고착될 인물이 아니다.—지금 이 글에서도 정신의 감동적인 비극으로부터 "인식론"을 발췌해 내려는 어떤 시도도 결코 있어서는 안 된다. 왜냐하면 모든 가치의 상대주의자인 니체는 자신의 말, 자기 양심의 설득, 영혼의 열정적 움직임에 계속 묶여 있어 본 적이 없었고, 또는 묶여야 한다고 생각한 적도 없었기 때문이다. 그는 자신들의 개성과 논증을 거창하게 늘어놓던 완고한 자들에게 "철학자란 논증을 사용하고, 다 썼으면 버린다"라고 유유히 대답했다. 어떤 견해이든 그는 과정으로서만 그것을 가지고 있었다. 심지어 자신의 자아, 거기에 속하는 피부나 살, 정신적 형상까지도 그는 늘 다양한 것, "많은 영혼의 사회적 구성"으로 느낄 정도였다. 언젠가 그는 글자 그대로 정말 대담한 말을 던진 적이 있었다. "사상가에게는 단 하나의 인격체로 묶여 있는 것은 불리하다. 누군가가 자기 자신을 발견했다면, 그는 때때로 자신을 잊으려고 해야 한다. 그런 연후에 다시 자신을 찾으려고 해야 한다." 그의 본질은 지속적인 변전, 자기상실을 통한 자기인식, 요컨대 영원한 생성이며, 결코 경직된 채 쉬고 있는 존재가 아니었다. "존재하는 그대여, 변화하라"는 말은 따라서 그의 모든 글에 관류하는 삶의 명령이었다.

괴테 역시 니체와 유사하게 다음과 같이 조롱조의 말을 던진 적이 있었다. "나를 찾으러 바이마르에 오면, 난 벌써 예나에 가 있지." 허물을 벗은 뱀이라는 니체의 상징적 묘사는 이렇게 100년 전에 괴테의 편지에서도 표현되었다. 그럼에도 괴테의 사려 깊은 발전적 양상과 니체의 폭발적인 변전은 얼마나 서로 상충되는가! 나무가 감추어진 내부의 축을 중심으로 매년 나이테를 만들듯이, 괴테는 확고한 중심을 가지고 자신의 삶을 안정적으로 넓혀 나갔다. 이에 반해 니체는 외피를 강력하게 뚫고 나와, 점점 더 확고하면서도 무게 있게 전망을 넓혀 나갔다. 괴테의 발전은 인내, 끈질긴 지구력에 의한 것이었다. 그 모든 성장에는 자기방어를 위한 저항이 바탕을 이루고 있었다. 반면에 니체의 발전은 늘 강력한 힘, 의지의 거센 추진력에 의한 것이었다. 괴테는 자신의 어떤 부분도 희생함이 없이 자신을 넓혀 나갔다. 그는 상승하기 위해 자신을 부정할 필요가 없었다. 그러나 변전을 추구하는 니체는 자신을 다시 구축하기 위해 언제나 자기파괴를 거듭해야만 했다. 그의 모든 자기성취와 새로운 발견은 자기파괴와 신념의 상실, 형성된 것의 해체로부터 나온 결과였다. 더 높이 도약하기 위해서는 늘 자아의 일부를 내던져야만 했다

(이에 반해 괴테는 아무것도 희생하지 않았다. 화학적으로 말해 변화하고 증류될 뿐이었다).

니체의 변전을 거듭하는 행적에는 보편타당하고 일반적인 잣대로 받아들일 만한 것이 없었다. 이 때문에 그의 개별적인 단계들은 우호적이 아니라 적대적인 관계에서 서로 충돌했다. 항상 그는 사도 바울처럼 다마스쿠스를 향한 도정에 있었다. 그의 감정과 신념의 변화는 일회적이 아니라 무수히 반복되었다. 왜냐하면 새로운 정신적 요소는 매번 정신적인 것 자체에만 영향을 미치는 것이 아니라, 그의 내장까지 뒤집어놓을 정도였기 때문이다. 도덕적이고 지적인 인식들은 또 다른 혈액순환이라고 할 수 있는 전혀 다른 감정, 다른 사고로 형태를 바꿨다. 모험가 니체는(언젠가 횔덜린이 자신에게 요구했듯이) "온 영혼을 현실 파괴적인 힘에" 내놓았다. 처음부터 그에게 미치는 경험과 인상들은 격렬하고 완전히 화산 같은 분출의 형태를 띠고 있었다. 대학생 시절 그가 라이프치히에서 쇼펜하우어의 《의지와 표상으로서의 세계》를 읽었을 때, 그는 열흘간이나 잠을 이룰 수 없었다. 그의 존재는 거대한 회오리바람에 의해 온통 흔들렸고, 그를 지탱해온 신념은 단번에 무너져 내렸다. 점차 그의 정신이 미몽에서 깨어나자, 그는 어느새 완전히 변화된 세계관, 새로운 삶의 관점을 갖게 되었다. 마찬가지로 바그너와의 만남도 열정적 우정의 체험으로 변했는데, 그것이 그의 감정의 활력을 무한히 확장시켜 주었다.

트리프셴에서 바젤로 돌아왔을 때, 그의 삶은 새로운 의미를 발견하고 있었다. 고전문헌학에 대한 관심은 하룻밤 사이에 사라져 버렸다. 과거나 역사에 대한 전망은 미래 지향적인 것으로 자리를 바꿨다. 그리고 그의 영혼은 이런 정신적 사랑의 열광에 온통 사로잡히게 됨으로써, 바그너와도 결별하는 결과를 초래하고 말았다. 그와의 결별은 더 이상 봉합되거나 완전히 아물지 않는 커다란 치명적 상처를 남겼다. 지진이 일어나듯 이런 정신적 충격이 있을 때마다 그의 신념의 건축물은 늘 무너져 내렸고, 그

럴 때면 그는 근본부터 새롭게 다시 일으켜 세워야
만 했다. 어떤 것도 그의 내면에서 잔잔하고 조용히,
나지막하면서도 유기적으로 형성되는 것은 없었다.
내면의 본질이 더 넓은 상태가 되도록 비밀스럽게
확장되는 법이 없었다. 모든 것, 자신의 이념까지도
마치 "번개가 치듯이" 순식간에 그의 내부로 뚫고 들
어왔다. 그러면 항상 그의 내면세계는 새로운 우주
가 생성되기 위해 무너져야만 했다.

이 같은 이념의 폭발력은 유례가 없었다. 그는 언
젠가 이렇게 적었다. "이런 산물이 가져온 감정의 팽
창으로부터 구원받고 싶다. 이런 뭔가로 인해 돌연
내가 죽을 것 같다는 생각이 종종 들곤 했다." 실제
로도 정신의 신생이 일어날 때면, 그 어떤 것은 늘
사멸했다. 그의 내부 조직에는 언제나 마치 과거의
관계를 도려내는 메스라도 지나간 것처럼 그 어떤
것이 잘려나가고 있었다. 아마 어떤 사람도 이렇게
고통스런 발전사를 보여준 적이 없었을 것이며, 어
떤 사람도 이렇게 피를 흘리며 자신의 껍질을 벗고

나온 사례가 없었을 것이다. 그러므로 니체의 저서들은 본질적으로 이런 수술의 임상학적 보고서, 인체해부의 방법론, 일종의 자유정신의 산파이론이었다. "나의 저서들은 나의 극복에 관해 말하고 있을 따름이다"라고 니체가 언급했듯이, 그의 저서들은 그의 탄생과 분만, 그 모든 변전, 죽음과 신생에 관한 역사를 담고 있었다. 그것은 자아를 겨냥하여 용서 없이 행해진 전쟁사, 징벌과 처형의 역사로서, 그의 20년간의 정신적 편력에서 나타난 온갖 모습을 종합적으로 기록한 자서전이었다.

니체의 변천사에서 또 하나의 특징은 그의 삶의 윤곽이 어떤 의미에서는 역류운동을 보여주고 있다는 사실이다. 우리가 괴테를 ─시대를 대변할 만한 인물을─ 세계의 흐름과 비밀스럽게 조화를 이루는 유기적 자연의 원형으로 파악한다면, 그의 발전의 형태가 상징적으로 나이에 따라 달라진다는 것을 우리는 알게 된다. 괴테의 경우 젊은 시절에는 혈기가 왕성했고, 중년이 되어서는 매사에 신중하게 행동했으며, 노년기에는 사려 있고 통찰력 있는 모습을 보여주었다. 그의 리드미컬한 사고는 그때그때 삶의 단계에 따라 유동적으로 변화했다. 초기에는(청년기에는) 역시 무질서한 측면을 보여주었고, 결국에는 (노년기에는) 확고하게 질서를 찾았다. 그는 초기에는 혁명적이었다가 점차 보수적으로 바뀌었고, 서정적이었다가 과학적으로, 과도한 면모를 보였다가 갈수록 자기를 보전할 줄 아는 사람으로 바뀌었다. 이에 반해 니체는 괴테와 정반대의 길을 걸었다. 괴테가 나이가 들수록 자기 본질과 점점 더 풍요로운 연대를 추구했다면, 니체는 점점 더 열정적인 자기해체의 길로 나아갔다. 광적인 인간들이 그렇듯이 니체는 나이가 들수록 뜨겁고 성급하고, 결렬하면서도 혁명적이고, 무질서하게 변해갔다.

겉으로 드러난 그의 삶의 태도가 이미 점진적인 발전을 완전히 역행하는 양상을 보여주고 있었다. 예컨대 그의 또래의 대학생들이 농담이나 지껄이고, 맥주에 흠뻑 취해 거리를 일렬종대로 행진할 때, 니체는 24세에 이미 전임교수가 되어 있었다. 그는 당시에 유명했던 바젤대학교 고전문헌학과의 실질적인 학과장 역할을 맡고 있었다. 그가 교제하는 인물들도 대체로 50-60대의 사람들로서, 야콥 부르크하르트와 리칠 같은 대학자들, 그와 친밀하게 지냈던 당대의 최고 예술가 바그너가 거기에 속해 있었다. 젊은 니체는 그의 시적 천성과 음악적 기류를 가능한 한 억눌렀다. 마치 궁중의 늙은 고문관처럼 그는 허리를 숙이고 앉아서 희랍어로 글씨를 쓰거나 문헌 목록을 작성하곤 했다. 특히 먼지가 자욱한 유스티니아누스 법전을 개정하는 일에 만족감을 느꼈다. 젊은 니체의 눈빛은 역사처럼 사멸한 과거의 것으로 완전히 되돌아가고 있었다. 나이 든 사람들의 점잖은 태도에 둘러싸여 즐거워했고, 교수의 품위를 지키거나 책과 학자의 문제에 골몰하는 것이 그의 기쁨이자 자랑이었다. 26세가 되었을 때《음악 정신으로서의 비극의 탄생》이 비밀스런 갱도를 뚫고 빛을 보았다. 그러나 저자는 여전히 자신의 정신적 얼굴에 고전문헌학이라는 가면을 쓰고 있었다. 현시점에서 예술에 대한 열정과 사랑의 첫 불꽃은 아직 활활 타오르지 않은 채, 다만 비밀스럽게 미래의 것을 향해 가물거릴 따름이었다.

니체가 30세에 접어들 무렵, 보통사람들 같으면 사회에서 첫 경력을 쌓아가기 시작하는 시기였다. 이 나이 또래에 괴테는 추밀원 고문관을 지냈고, 칸트와 실러는 교수로 재직한 바 있었다. 그런데 이때 상당한 경력을 쌓았던 니체는 돌연 교수직을 그만두고 고전문헌학의 연단을 떠났다. 이것이 자신을 청산하고 자기 본연의 세계로 들어간 최초의 결단이었다. 반면에 이런 정지, 그의 최초의 내적 굴절은 예술가로서의 첫 행보를 의미했다. 참다운 니체란 현재 상태를 깨트림으로써 시작되었고, 비극적 니체는 미래에 대한 눈빛, 새롭게 다가올 인간상에 대한 동경으로부터 생겨났다. 이러는 사이에 끊임없는 변화의 폭발들, 내적 본질의 굴절이 발생했다. 고전문헌학에서 음악, 학자적 진지함에서 황홀경, 꼼꼼한 인내심에서 화려한 춤으로의 대변전이 일어났던 것이다. 이제 36세에 들어선 추방당한 왕자 니체는 비도덕주의자, 회의론자, 시인, 음악가로 변신해 있었다. 청년기 때보다 "더 젊어진" 그는 과거와 학문, 현재로부터 자유로워진 피안의 인물, 미래적 인간이었다. 그러므로 일반 예술가들처럼 발전의 세월이 삶을 안정화하거나 진지하게 목적을 추구하게 하는 것이 아니라, 오히려 그의 삶을 모든 관계의 그물로부터 열정적으로 벗어나게 했다. 이렇게 그의 젊어지는 속도가 무섭도록 가속화되었다.

40세가 되자 그의 언어와 생각, 그의 본질은 17세의 청춘기보다 더 혈기 넘치는 육체와 색깔, 대담성과 열정, 음악에 대한 감수성을 갖게 되었다. 실스마리아에 홀로 은거하여 살던 니체는 24세의 조로했던 교수보다 더 가볍고 자유로운 보폭으로 작품 활동에 매진했다. 이렇게 니체의 경우 삶의 감정은 진정되기보다는 오히려 강렬해졌다. 그의 변화는 점점 더 빠르고, 자유롭고, 비약적이고, 다양하고, 탄력적인 동시에 끈질기면서도 냉소적이었다. 어디에서도 그는 자신의 조급한 정신에 대한 하나의 "관점"을 발견하지 못했다. 어딘가에 그가 정착하자마자, 그의 "피부는 뒤틀어지고 찢어졌다." 결국 그는 자신의 체험으로는 더 이상 자신의 삶을 따라갈 수 없었다. 변화들이 갈수록 너무 빨라져, 그의 눈에 포착되는 상들이 마치 경련을 일으키는 것 같았다. 가장 가까이에서 그를 알았다고 생각했던 동년배의 친구들은 거의 모두가 학문이나 사고, 체계에 있어서 제자리에 머물러 있었다. 이런 친구들로서는 그를 만날 때마다 더욱 낯선 눈으로 바라볼 수밖에 없었다. 하지만 계속 변전을 거듭하는 니체로서는 그가 지녔던 과거의 직책, 즉 "바젤대학교의 프리드리히 니체 교수" 내지 고전문헌학자라는 소리를 들으면, 현재의 자신과 너무 낯설고 "혼동되어" 놀라지 않을 수 없었다. 그로서는 20년 전의 조로한 현자의 모습을 떠올리는 것이 너무 힘들었다.

어느 누구도 니체처럼 이토록 철저하게 자신의 모

든 과거를 떨쳐버리고 새롭게 태어나는 사람은 아마 없었을 것이다. 이렇게 과거의 흔적과 감상을 모조리 벗어던진 사람은 없었을 것이다. 이로 인해 그의 말년은 무서울 정도로 고독했는데, 그럴 수밖에 없는 것이 과거와의 모든 관계를 그는 잘라 버렸기 때문이다. 그리고 새롭게 태어나기 위해서 그의 마지막 세월, 마지막 변전의 흐름은 너무 강렬했다. 그는 모든 사람들, 모든 현상들을 못 본 척하며 지나쳤다. 반면에 자기 자신에게 다가가면 다가갈수록, 자신에게서 달아나려는 열망은 그만큼 더 뜨거워졌다. 그의 본질의 이질화는 점점 더 철저해졌다. 그의 내적 접촉의 짜릿한 굴절, 부정에서 긍정으로의 비약은 점점 더 거칠어졌다. 그는 끊임없이 자신의 형상을 스스로 불태워 없앴다. 그의 도정은 하나의 불꽃과 같았다.

그러나 변화가 가속화되는 만큼, 그 변화에는 더욱 강압적이고 더 큰 고통이 뒤따랐다. 니체의 첫 "극복"은 청소년기에 가졌던 신념을 벗어던지는 것,

기존의 권위적 사고를 탈피하는 것을 의미했다. 그렇게 하는 데에는 마치 뱀 껍질처럼 허물을 벗고 말라버린 흔적들이 내던져져 있었다. 보다 심원한 의미에서 그는 심리학자가 되려고 했고, 그럴수록 자신의 더 깊은 심층에서 메스를 대지 않을 수 없었다. 자신의 원형질로부터 형성된 논증들이 피하조직과 신경 전체, 혈관까지 더 깊이 스며들면 들수록, 그만큼 더 큰 본성적인 힘과 피의 손실, 결단이 필요했다. 니체가 말한 바와 같이 그것은 "스스로 형리와 같은 역할", 샤일록처럼 악역을 맡아 살점을 도려내는 노력을 요구했다. 마침내 자기노출은 감정의 바닥에까지 이르렀고, 따라서 그의 시도는 위험한 수술과도 같게 되었다. 무엇보다 바그너 콤플렉스의 절개가 시급했다. 그것은 자신의 몸의 가장 깊은 곳을 잘라내는 치명적인 수술 내지 심장봉합, 거의 자살에 가까웠다. 그런데 잔인한 폭력의 돌발행위에는 일종의 강간살인도 포함되어 있었다. 왜냐하면 그의 사나운 진리충동은 포옹과 접촉의 순간에 가장 사랑스런 자신의 형상을 폭행하고 목을 졸랐기 때문이다.

그렇지만 자신에 대해 점점 더 폭력적일수록, 애정도 더욱 깊어졌다. 니체가 자신의 "극복"을 위해 더 많은 피와 고통, 잔인함을 요구하면 할수록, 그의 공명심은 자신의 의지력에 대한 시험을 그만큼 더 흥미롭게 즐겼다. 점차 그의 자기파괴 충동은 정신적 열광으로 변했다. "파멸하기 위한 힘에 적절할 정도로 나는 파멸의 쾌감을 알고 있다." 이렇게 순수 자기변신으로부터 자신에 대해 항변하고 자신의 반대자가 되려는 쾌감이 자라났던 것이다. 그의 책들의 개별 선언들은 서로가 얼굴을 거칠게 때리곤 했다. 진리를 위해 자신의 논증을 계속 수정하는 정신의 열광자는 부정과 긍정을 반복했다. 그는 자기 본질의 양극을 무한히 연장하기 위해 자신의 팔다리를 무한히 뻗었다. 이 양극단 사이의 짜릿한 긴장을 참다운 정신적 삶으로 느끼기 위함이었다.

그는 자신에게서 달아나다가 자신에게 도달하는

것을 무수히 반복했다. 니체는 말했다. "자신에게서 달아나는 영혼은 더 큰 범주 속에서 자신을 찾는다." 이런 행위는 결국 광적인 열기에 이르렀고, 그 과도함은 무서운 운명이 되고 말았다. 그럴 수밖에 없었다. 그가 바로 자기 본질의 형태를 극단화시켰을 때, 정신의 팽팽한 긴장은 파열할 수밖에 없었기 때문이다. 불타오르는 광기의 본원적 지배력은 완전히 꺾였다. 마지막 남았던 원초의 힘은 단 한 번의 분출로 그 웅대한 형상을 파괴해 버렸다. 창조적 정신이 혼신을 다해 무한히 좇았던 최후의 결과를 없애버린 것이다.

남국의 발견

우리는 어떻게 해서든 남국에 가야 한다.
그곳은 밝고, 깨끗하고, 활발하고, 행복하고,
부드러운 색조를 띠고 있다.

니체는 언젠가 "우리는 자유의 비행선조종사"라고
자랑스럽게 말했다. 그의 말은 무한한 미지의 원소
에서 새로운 길을 찾는 사유의 유일한 자유를 찬양
하기 위함이었다. 그런데 실제로 그의 정신적 도정
의 역사, 변전과 고양, 무한성의 추구는 철저히 정신
적으로 한계가 없는 높은 공간에서 이루어졌다. 적
재한 것을 계속 버리면서 떠오르는 기구처럼, 니체
는 부담스러운 것을 던지거나 떼어냄으로써 점점 더
자유로워졌다. 그는 거추장스런 것이 있으면 잘라버
리고, 앞을 막는 것이 있으면 던져버림으로써 점점

더 넓은 시야, 포괄적 전망, 시간의 제한에서 자유로운 개인적 관점에 도달할 수 있었다. 이 과정에서 무수한 방향 전환이 있었고, 이럴 때면 삶이라는 비행선은 돌풍에 빠져서 산산조각 나기 일쑤였다. 이런 예들은 열거할 수조차 없을 만큼 많았다. 물론 운명을 바꿀 만큼 중요한 결단의 순간은 니체의 삶에서 아주 예리하고 구체적인 특징으로 부각되었다. 그것은 마치 비행선이 마지막 밧줄을 풀고 바닥에서 하늘로, 육중한 곳에서 무한한 곳으로 날아오르는 것과 같은 극적인 순간들이었다.

니체의 삶에서 이 순간들은 그가 교수생활과 고향을 떠나 더 이상 독일로 귀환하지 않는 날을 의미했다. 그는 떠나가면서도 ─더 자유로운 분위기에 영원히 있을 것처럼─ 무덤덤하게 냉소를 흘렸다. 왜냐하면 이때까지 일어났던 모든 일은 본질적이고 세계사적인 인간 니체에게는 그리 중요하지 않았기 때문이다. 이 최초의 변화들은 자기 자신을 찾으려는 준비에 불과했다. 만일 그날의 자유를 향한 돌진이 없었더라면, 그는 세련된 정신의 소유자임에도 불구하고 교수라는 전문인으로서 구속된 삶을 살았을 것이다. 그랬더라면 그는 교수사회에서 존경을 받던 사람들 가운데 하나였던 에르빈 로데나 딜타이처럼 살았을 테지만, 우리의 정신세계에는 그다지 영향을 주지 못했을 것이다. 마성의 폭발, 열정적 사고의 분출, 원초적 자유감정이 생기고 나서야 비로소 니체의 예언자적 소질이 발현되었고, 그의 운명 또한 신화로 변화하게 되었다. 그런데 여기서 나는 니체의 삶을 역사가 아니라 연극, 전적으로 예술작품과 정신의 비극으로 그려 보고자 한다. 내가 보기에 그의 삶의 행동성은 그의 내부의 예술성이 눈을 뜨고, 자유를 자각한 순간에서야 비로소 시작되었다. 고전문헌학자 시절의 니체는 아직 번데기의 상태에 있었다. 날개가 생기고, "정신의 비행선조종사"가 되고 나서야 비로소, 그는 본격적으로 진화한다.

자기 자신을 향해 여행을 떠나기로 한 최초의 결정은 남국에 대한 동경에 의해 이루어졌다. 그 결정은 변화의 변화를 거듭했다. 괴테의 삶에서도 이탈리아 여행은 니체와 유사하게 공백기를 의미했다. 괴테 역시 참된 자신을 찾기 위해 구속에서 자유를 맛보고, 체험의 폭을 넓히기 위해 이탈리아로 도피했다. 알프스를 넘었을 때 이탈리아 태양의 첫 광채는 그에게 강력한 인상과 변화를 주는 것 같았다. 그는 트렌토에서 "나는 마치 그린란드 여행에서 돌아온 것 같다"고 편지를 썼다. 괴테 역시 독일의 "흐린 하늘 아래서 고통을 당하던 겨울병자"로서 전적으로 빛과 쾌청한 날씨를 좋아했다. 이탈리아의 땅을 밟을 때에는 즉시 감정의 분출이나 긴장의 이완, 새롭고 개인적인 자유로의 충동을 느꼈다. 하지만 괴테는 너무 늦게, 40세가 돼서야 남국의 기적을 체험했다. 계획적이고 신중한 천성이 변화하기에는 너무 굳어져 있었다. 그의 본질과 사고의 일부분은 궁정과 집, 품위와 직책에 머물러 있었다. 그는 이미 수정처럼 단단하게 결정화되어 있어서, 어떤 요인에 의해 완전히 해체되거나 변화될 수 없었다. 자신이 무엇인가에 사로잡힌다면, 유기체적 삶의 형식이 무너지는 것을 의미했다.

괴테는 언제나 운명의 주인으로 남아서, 적어도 자신이 허용하는 것만큼은 얻어내기를 원했다. 반면에 니체, 휠덜린, 클라이스트 등의 방탕아들은 순간순간의 인상에 온 영혼을 다 바치고, 그로부터 완전히 불타 녹아 없어지는 것에 행복감을 느꼈다. 괴테는 이탈리아에서 자신이 찾던 것을 발견했지만, 그 이상도 이하도 아니었다. 괴테는 보다 더 깊은 관계를 추구했다(니체는 더 높은 자유를 추구했다). 괴테는 위대한 과거를 추구했다(니체는 위대한 미래와 역사로부터의 분리를 추구했다). 괴테는 본질적으로 지하에 있는 것들을 탐구했다. 예컨대 고대 그리스의 예술과 로마의 정신, 식물과 광석과 관련된 신비를 탐구했다(반면에 니체는 자신의 위에 펼쳐져 있는 것을 도취의 눈빛으로 응시했다. 파란 하늘과 무한히 펼쳐진 지평, 그의 땀구멍 속까지 파고드는 마법의 광채를 동경했다). 그러므로 괴테의 체험은 무엇보다 심미적이고 명상적인 데 반해, 니체의 체험은 생동적이다. 괴테가 이탈리아에서 예술양식을 얻었다면, 니체는 거기서 삶의 양식을 발견했다. 괴테가 결실을 얻는 것으로 끝났다면, 니체는 이곳에 동화되어 다시 새로운 삶을 얻었다.

괴테 역시 새로운 삶의 욕구를 느끼기는 했었다 ("내가 신생되어 돌아올 수 없다면 차라리 안 오는게 나을 테지"). 그러나 여행이 주는 새로운 "인상"에 대해 그리 뜨겁게 감동하지는 않았다. 40세의 괴테는 니체처럼 완전히 변화하기에는 모든 면에서 굳어져 있었다. 독단적인 면이 강했고, 무엇보다 변화할 마음이 없었다. 그의 (나중에는 더욱 강화된) 자기주장의 충동은 변화보다는 고집과 신중함 쪽으로 기울어졌다. 섭생에 있어서도 현자인 괴테는 몸에 유익하다고 생각하는 만큼만 음식을 취했다(니체는 이런 면에서도 위험스러울 만큼 과도했다). 그는 어떤 것에서든 풍요로워지기를 원했고, 한 번도 험하고 어려운 형편에 빠지려고 하지 않았다. 그러므로 이탈리아에 대한 그의 마지막 말 또한 사려 깊고 신중하며, 심지어 방어적이기까지 하다. "내가 이번 여행에서 체득한 것 가운데 칭찬할 만한 것이 있다. 그것은 다시는 어떤 식으로든 혼자 있지 않을 것이라는 것, 그리고 조국의 밖에서는 살지 않을 것이라는 깨달음이다."

우리는 괴테의 이런 딱딱하고 무감동한 표현을 니체의 이탈리아 체험과 비교해 볼 필요가 있다. 니체의 대답은 한마디로 괴테와는 정반대의 결과였다. 니체는 이때부터 오로지 홀로 지내고, 조국의 밖에서 살 수밖에 없었다. 괴테는 이탈리아에서 많은 것을 가지고 원점으로 되돌아왔다. 가방과 상자, 가슴과 머리에 가치 있는 것을 잔뜩 가지고 즐겁게 귀향했다. 반면에 니체는 종국적으로 망명생활이라도 하듯이, "추방당한 왕자"가 되어 고향과 재산도 없이 지내게 되었다. 그는 평생 "조국에 대한 생각"이나 "애국심"과는 관계없이 살아가게 되었다. 그에게는 이때부터 "선한 유럽인", "본질적으로 초국가적이고 낭인적인 인간"의 조감도 외에는 다른 관점이 있을 수 없었다. 그는 이탈리아의 대기에서 이미 그런 삶을 필연적인 것으로 느끼며 살게 되었다. 다시 말해 피안의 왕국, 미래의 왕국에서 살게 된 것이다. 태어난 곳이 아니라, 아버지가 되어야 하는 곳에서 니체는 정신적 인간의 거처를 잡았다. 태어난 고향은 그에게 과거이고 흘러간 "역사"였다. 니체는 이렇게 말했다. "내가 아버지인 곳, 내가 자식을 낳을 곳이 나의 고향이다."

니체에게 온 세상이 외국인 동시에 고향이라는 것은 그가 받은 대단히 귀중하고 잊을 수 없는 선물이었다. 이로 말미암아 그는 밝고 날카로운 형안, 저 건너편을 노려보는 맹금의 눈빛을 갖게 되었다. 그의 눈은 이제 온갖 방향, 사방으로 트인 지평을 향하고 있었다. 이에 반해 괴테는 자신의 말대로 "닫힌 지평의 위치조정" 때문에 위기를 맞은 적도 있지만, 결국은 자신을 지켰다. 니체는 이주와 더불어 영원히 과거를 탈피한 사람이 되었다. 그는 철학과 기독교, 도덕에서 빠져나왔듯이 종래는 독일을 탈피한 사람이 되었다. 이미 지나간 일로 뒷걸음을 치거나 그것을 동경하는 일이 없을 만큼 그의 성격은 너무 성급했다. 미래의 나라로 항해하는 선장은 "세계를 향해 가장 빠른 배를 타고" 간다는 사실에 너무 들떠 있어서, 단 하나의 언어를 사용하는 단조롭고 획일적인 고향에 대해서는 관심도 갖지 않았다. 이 때문에 그를 독일로 복속시키려던 모든 시도는 폭력으로 판정을 받았다. 철저한 자유주의자에게 자유로부터 후퇴란 있을 수 없었다. 그가 이탈리아 하늘의 쾌청함을 체험한 이래로, 그의 영혼은 그 어떤 "음울한 분위기"에 대해서도 경악을 금치 못했다. 그것이 구름 낀 날씨에서 오든, 아니면 강의실이나 교회, 병영과 관련된 것이든 상관없었다.

그의 폐와 예민한 신경은 북쪽이나 독일과 관련된 것, 둔감한 어떤 것도 견디지 못했다. 닫힌 창이나 담으로 막힌 문이 싫었다. 어둠과 정신의 어렴풋한 안개 속에서는 지낼 수가 없었다. 참되다는 것은 이 때부터 쾌청한 것을 의미했다. 쾌청한 날에는 멀리 보고, 무한한 곳을 향해 윤곽을 그릴 수 있었기 때문이다. 그가 이 남국의 깨끗한 빛을 열렬히 찬양한 이후, 그는 "본래의 독일적 광기, 불명료성의 천재 내지 악마"를 계속 거부했다. 그가 남쪽나라, "외국"에 체류한 이후 그의 예민한 미각은 독일적인 모든 것을 너무 무겁고, 그의 쾌활한 감정에 비하면 너무 강압적인 것, 심지어는 일종의 "소화불량"으로까지 느꼈다. 독일적인 것만 대하면 왠지 못 푼 문제라도 있는 것처럼 꺼림칙했고, 온 몸이 답답해짐을 느꼈다. 독일적인 것은 그에게 더 이상 자유롭거나 가벼운 것이 아니었다. 그가 과거에 좋아하던 작품조차도 이제는 일종의 정신적 위장장애를 일으켰다. 예컨대 바그너의 〈명가수들〉에서는 장식적이고 바로크적인 면, 가볍게 즐기기에는 무겁고 답답한 것을 느꼈다. 쇼펜하우어에게서는 암담함을, 칸트에게서는 뭔가 국가도덕의 뒷맛을 풍기는 위선을 느꼈다. 그런가 하면 괴테의 경우에는 관직을 가진 사람의 근엄함, 꽉 막힌 지평에 있는 것 같은 느낌을 받았다.

그러나 독일적인 것에 대한 그의 불쾌감은 당시 새로운, 지나치게 새로운 독일의 정신적 상태에만 해당되는 것은 아니었다(실제로 가장 깊은 곳까지 관련되어 있었다). "제국"과 독일의 이념을 힘의 논리에 희생시킨 그 모든 자들에 대한 증오심도 니체에게서 나타났다. 그뿐만이 아니라 속물적인 독일과 승리의 기둥을 자랑하는 베를린에 대한 미학적 혐오감도 포함되어 있었다. 그의 새로운 남국이론은 이제 국가적인 것뿐만 아니라 삶의 자세를 포함한 많은 문제들로부터 명쾌하고, 자유롭고, 태양처럼 밝은 것을 요구했다. 소위 "교양 민족"의 무뚝뚝한 성격, 독일적 인내심과 꼼꼼함이 아니라 보다 명료한 학문을 원했다. 교수의 진지함, 연구실과 강의실에서 곰팡이 냄새를 풍기는 교육은 더 이상 그에게 필요 없었다. 정신과 지성이 아니라 신경과 가슴, 느낌, 내면으로부터 북쪽의 고향, 독일에 대한 거부감이 솟아나왔다. 그것은 자유로운 공기를 감지한 허파의 외침이었다. 마침내 "영혼의 풍토", 자유를 발견한 위안의 환호성이었다. 따라서 그는 가장 내면에서 울려나오는 기쁨의 소리를 다음과 같이 심술궂게 외쳤다. "나는 뛰쳐나왔다!"

이탈리아 여행은 이렇게 확정적인 탈독일과 아울러 완전한 탈기독교의 계기가 되었다. 마치 도마뱀처럼 햇빛을 즐기고 말초신경에 이르도록 온몸을 쬐면서, 니체는 무엇이 그렇게 오랫동안이나 자신을 음울하게 했는지 되물어보았다. 나아가 무엇이 2000년 동안이나 전 세계를 그토록 의기소침하게 억누르고 그토록 죄의식에 시달리도록 했는지, 무엇이 가장 활기차고 가장 자연스럽고 힘찬 것들과 가장 귀중한 것, 삶 자체를 무기력하게 만들었는지를 되물어보았다. 그는 피안의 믿음을 설파하는 기독교에서 현대세계를 우울하게 하는 원칙을 발견했다. 니체에 의하면 이 "율법주의의 악취 나는 유태교와 미신"이 세계의 관능성과 유쾌함을 타파하고 마비시켰다는 것이다. 그것은 50세대에 걸쳐서 가장 위험한 최면제가 되어 버렸고, 그런 가운데 예전에 힘으로 존재했던 모든 것은 도덕적 마비상태에 빠지게 되었다. 그러나 이제 드디어 십자가에 맞서 미래의 십자군 원정이 시작되었고, 가장 성스러운 인간의 나라, 우리의 지상의 나라가 탄생하게 된다. 여기서 니체는 그의 삶에 갑자기 사명감을 부여했다.

"현존의 확고한 느낌"을 통하여 그는 지상의 모든 것, 생동적이고 참된 것, 직접적인 것에 대한 통찰력을 배웠다. 이 같은 발견 뒤로는 "건강하고 열정적인 삶"이 얼마나 오랫동안 감언과 도덕에 의해 은폐되어 있었는지를 비로소 깨닫게 되었다. 남국이라는 학교, "정신과 감각을 치료해주는 위대한 학교"에서 니체는 겨울 추위에 대한 두려움이나 신에 대한 두려움 없이 자연스런 삶의 능력, 즉 죄의식 없이 스스로 즐기고 유희의 기쁨을 누리는 삶의 능력을 체득했던 것이다. 이것이야말로 자기 자신에 대해 죄의식 없이 진심으로 "네"라고 긍정을 말하는 신앙이었다. 하지만 그의 낙천주의도 숨은 신으로부터가 아니라 가장 자유로운 것, 태양과 빛이라는 행복한 비밀로부터 유래한 것이었다. "나는 페테르부르크에서는 허무주의자였던 것 같다. 이곳에서 나는 사람들이 식물을 믿듯이 태양을 믿는다." 그의 모든 철학은 이처럼 구원받은 피에서 직접 성취된 것이었다. 그는 다음과 같이 한 친구에게 외쳤다. "남국에 머물게나. 믿음에 따르기만 하게나." 그러나 밝음을 통해 아픔을 치유한 니체는 차후에도 그 효과가 나타나리라고 기대했다. 그는 밝음이라는 이름을 걸고 전쟁을 시작했다. 밝음, 명랑, 명료함, 삶의 온전한 자유와 태양빛의 도취를 방해하려는 지상의 그 모든 것과 맞서서 살벌한 전쟁을 벌였다. "이제부터 나는 현재의 일들과 철저하게 싸워나갈 것이다."

답답한 연구실에서 활기 없이 지내던 교수시절 이후로, 용기뿐만 아니라 방자함이 부각되는 것도 사실이었다. 하지만 그것이 그의 경직된 혈액순환을 뚫어주는 자극제로서 작용했다. 말초신경에 이르기까지 태양빛에 여과된 채, 그의 사고의 투명하고 명쾌한 형식은 생동감 있게 살아 움직였다. 갑자기 힘차게 비약하는 언어에는 태양빛이 보석처럼 반짝거렸다. 그 자신이 남국에서 쓴 첫 책에서 언급한 바와 같이, 모든 것은 "눈을 녹이는 봄바람의 언어"로 씌어졌다. 거기에는 용솟음치듯 강렬하면서도 자유로운 필치가 돋보이는데, 그것은 마치 얼음조각이 깨어지고 녹으면서, 봄바람이 살랑거리며 대지 위를 지나가는 것과도 같았다. 빛은 최종 깊이에까지 스며들어 있었고, 투명함은 가장 세밀한 부분까지 파고들어 있었다. 이로부터 번뜩이는 말마디가 흘러나왔고, 간간히 음악이 부드러운 음조를 자아냈다. — 전반적으로 온화한 분위기와 밝은 색채가 주도적이었다. 과거의 언어와 비교하면 리듬에 있어 너무 큰 변화가 나타나 있었다. 그의 언어는 아름답고 힘차게 비약하면서도, 확고하게 음향을 내며 뛰어오르고, 그러면서도 유연하고 발랄하게 온갖 방법을 다 사용하여 즐거움을 선사했다. 이런 언어는 독일인처럼 무감동하고 딱딱하게 말하는 것이 아니라 이탈리아인처럼 온갖 제스처를 다 동원하여 부드럽게 묘사하는 방식이었다. 그것은 품위를 갖추고 당당하게 검은 연미복을 입은 독일어가 더 이상 아니었다.

새로운 니체는 자신의 자유롭게 탄생한 사고, 나비처럼 산보하면서 떠오른 사고를 독일어로 적었다. 그의 자유로운 사고는 자유로운 언어, 가볍게 도약하는 언어, 체조선수처럼 민첩한 육체와 유연한 관절을 가진 언어를 원했다. 달리고, 뛰어오르고, 숙이고, 펴면서 우울한 윤무로부터 빠른 템포의 열광적 춤에 이르기까지 모든 춤을 출 수 있는 언어를 원했다. 모든 것을 간직하면서도 모든 것을 말할 수 있고, 짐꾼의 어깨나 무거운 발걸음 없이도 소유할 수 있는 언어를 원했다. 가축처럼 집에서 길들여진 모든 것, 쾌적하고 품위를 내세우는 모든 것은 그의 문체에서 녹아 없어져 버렸다. 그는 농담에서 지극히 유쾌한 것에 이르도록 툭툭 튀는 비약적인 언어를 구사했지만, 다른 순간에는 오래된 종이 우렁찬 소리를 내듯 열정을 보여주었다. 그는 열정과 힘으로 한껏 부풀어 올라 있었다. 때로는 진주처럼 미세하게 반짝이는 수많은 경구들을 가지고 축배를 들기도 했지만, 때로는 돌발적인 거센 파도로 끓어올랐다. 아마 어떤 독일 작가의 언어도 이렇게 빠르고 갑작스럽게 젊어진 양상을 보인 적이 없었을 것이다. 어느 누구도 이처럼 태양빛에 달구어진 채, 포도주처럼 그윽하게, 남국의 취향으로, 춤추듯 가볍고 자유롭게 된 사람은 없었을 것이다.

우리는 반 고흐처럼 니체와 유사한 기질의 경우에서만 이렇게 태양빛이 북방인간에게 갑자기 가져온 기적을 체험할 수 있을 것이다. 고흐의 경우 무겁고 우울한 분위기의 네덜란드 생활에서 밝고 떠들썩하며, 소란한 프로방스 지방으로 이주하면서 새로운 변화를 맛볼 수 있었다. 바로 이렇게 반쯤 감각을 현혹시키는 태양빛의 지대한 영향만이 니체에게 일어났던 빛의 투사효과와 비교될 수 있다. 변화에 열광적인 이 두 사람에게서만 이런 자기도취, 흡혈귀처럼 빛을 흡수하는 광적인 힘이 이토록 신속하고 유례가 없을 만큼 강렬하게 나타나는 것이다. 광적인 인간들만이 색깔과 음향, 언어의 마지막 혈관에까지 이르는 저 작열하는 빛의 기적을 체험한다.

　그러나 니체는 광적인 인간의 혈통이 아니었다 해도, 모종의 도취에 빠져서 헤어나지 못했을 것이다. 그랬기에 그는 남쪽나라 이탈리아에서 계속 비교급을 추구했다. 예를 들어 빛에 대해서는 "초과된 빛"을, 명료성에 대해서는 "초과된 명료성"을 찾고자 했다. 시인 횔덜린이 그의 그리스에 대한 이상을 "아시아", 동양적인 것, 야만적인 것으로 점차 넓혀갔듯이, 니체의 열정도 결국 더 뜨거운 열대성, "아프리카적인 것"의 새로운 황홀경을 향해 불을 지펴나갔다. 그는 태양빛 대신에 태양의 화염, 분명한 테두리 대신에 냉철하게 자르는 명료함, 쾌활함 대신에 짜릿한 쾌감을 원했다. 그의 욕망은 무한히 터져 나와서, 그의 감각의 섬세한 자극은 완전히 도취로 바뀌었다. 춤은 하늘을 향한 비약으로 상승했고, 그의 뜨거운 감정은 작열하는 상태로까지 과도해졌다. 점점 높아지는 욕구가 그의 혈관에서 부글부글 끓어오

를수록, 그의 분방한 정신을 감당할 만한 언어가 더이상 충분치 않았다. 그에게는 언어조차 너무 협소하고 질료적이며, 너무 무거웠다. 그는 자신의 내부에서 시작된 디오니소스의 춤을 위한 새로운 요소를 필요로 했다. 요컨대 현재보다 더 높은 무구속적 상태를 잡아 묶을 만한 언어가 필요해진 것이다. 그리하여 그는 자신의 본원적 요소인 음악을 다시 끌어들였다. 남국의 음악, 그것은 그의 마지막 동경이었다. 그는 명료성이 멜로디가 되고, 정신이 완전히 날개를 달게 되는 음악을 추구했다. 그는 투명한 남국 음악을 이리저리 찾아 헤맸다. 시간과 장소를 초월하여 찾아다녔으나 발견할 수 없었다.

음악으로의 도피

쾌활함이여, 황금 같은 너, 내게 오라!

음악은 처음부터 니체의 내면에 항상 잠재된 요소
였으나, 더 강력한 의지에 의해 의식적으로 밀려나
있었다. 소년 시절에 그는 이미 즉흥연주를 통해 친
구들을 감동시켰다. 청소년기의 일기장에는 작곡을
하기 위해 연습한 많은 악보들이 있었다. 그러나 대
학에서 고전문헌학과 철학을 전공하기로 굳게 다짐
하면 할수록, 그는 마음속에서 비밀스럽게 출구를
찾아 움직이던 힘을 더욱 확고하게 차단해버렸다.
음악이란 젊은 학자에게 한가로운 유희, 엄숙함을
풀어주는 휴식이었다. 그것은 연극, 독서, 승마나 펜
싱처럼 오락거리 내지 정신과 건강을 위한 여가활용

이었다. 니체의 초기 학자 시절에는 음악과 엄밀히 거리를 두거나 의식적으로 차단함으로써, 그의 저작물에 실제적인 영향이 침투되지 못했다. 물론 그가 《음악정신으로부터의 비극의 탄생》을 썼을 때, 음악은 단지 연구의 대상이거나 정신적 주제로만 머물러 있었다.—음악의 구체적 생동감은 언어나 작품, 사유방식에 조금도 변형되어 들어오지 않았다. 그의 청춘기의 시조차도 전혀 음악성을 띠지 않았다. 게다가 그의 작곡의 시도들은 뷜로Bülow의 전문가적 판단에 의하면 전형적인 반음악적 성격이었다. 음악은 그에게 오랫동안 단지 개인적 즐거움으로만 머물러 있었다. 젊은 학자는 의무감 따위는 고려하지 않고 순수 애호가로서 음악을 즐겼다. 음악은 한동안 그의 "사명감"과는 무관한 영역에 위치해 있었다.

니체의 내면세계에 음악이 본격적으로 감동을 주기 시작한 것은 고전문헌학과 학자적 관심이 느슨해지고, 돌연 우주가 거대한 폭발에 의해 흔들리며 깨어지는 것 같았을 때였다. 이 순간 강을 막았던 제방이 무너지듯이, 갑자기 홍수가 그의 내면에 넘쳐흐르기 시작했다. 이때부터 음악은 감동에 휩싸이고 긴장에 떠는 인간, 열광에 의해 내면의 깊은 곳까지 파헤쳐진 인간에게 언제나 가장 강력하게 영향력을 행사했다. —이를 톨스토이는 잘 알고 있었고, 괴테는 비극적으로 느꼈다. 그도 그럴 것이 음악에 대해 조심스럽고 방어적인 자세를 취하던 니체였지만, 왠지 느슨해지는(니체의 말을 인용하면, "차곡차곡 겹쳐진 것이 풀어지는") 순간에만은 늘 음악에 굴복하곤 했기 때문이다. 이럴 때면 그의 온몸은 충격에 휩싸여 어찌할 바를 몰랐다. 그가 자신을 제어하지 못하고 감정에 사로잡힐 때면 언제나, 음악은 제방을 허물고 들어와 그로 하여금 눈물을 흘리게 만들었다. 눈물을 짜내는 음악, 훌륭한 음악은 전혀 뜻하지 않았던 선물이었다.

음악은—누가 이런 것을 체험하지 않았겠는가?— 효과적으로 감동을 주기 위해서는 늘 열려진 존재, 개방적 존재, 갈망이라는 의미에서 여성적 부드러움을 필요로 한다. 이는 니체에게도 마찬가지였다. 음악은 남국이 그에게 부드럽게 길을 열어주던 순간, 삶의 가장 뜨거운 갈망의 상태에서 그를 찾았다. 음악은 그의 삶이 태연한 서사적 전개의 상태로부터 돌발적 카타르시스를 통하여 비극적인 것으로 전환하려던 바로 그순간, 기이한 상징성을 띠면서 시작되었다. 당시에 그는 《음악정신으로부터의 비극의 탄생》을 말 그대로 표현했다고 생각했으나 그 반대의 결과를 체험했다. 그가 체험한 것은 비극정신으로부터의 음악의 탄생이었다. 새로운 감정이 너무 강렬한 나머지 그는 이를 표현할 적절한 말을 찾아낼 수 없었다. 따라서 음악이라는 보다 강렬한 요소, 보다 높은 마법의 필요성을 느꼈다. 그는 이렇게 외쳤다. "아, 나의 영혼이여, 너는 노래를 불러야만 하리."

바로 그의 내면에 도사린 광기가 너무 오랫동안 고전문헌학을 비롯한 학문과 냉정함에 파묻혀 있었기 때문에, 그만큼 더 광기는 강렬하게 솟구쳐 올라와, 신경의 끝까지, 그의 문체의 마지막 억양에까지 거대한 영향을 미쳤다. 마치 새로운 활력을 얻은 것처럼, 이제까지 묘사하는 데 만족했던 언어는 갑자기 음악적으로 살아 숨 쉬기 시작했다. 이전에 사용하던 무거운 언어양식, 강연방식의 안단테 마에스토소는 이제 음악의 다양한 운동, "파동"을 소유하게 되었다. 명인의 그 모든 세련성은 음악 속에서 불타올라 경구의 날카로운 스타카토가 되었고, 노래 속에서는 서정적 소르디노, 농담의 피치카토가 되었다. 그뿐만 아니라 산문에서는 대담한 서술의 진행방식 및 조화가 이루어졌고, 그 밖에도 훌륭한 격언과 시가 완성되었다. 구두점이나 언어의 발음되지 않는 부분, 대시부분, 강조부분까지도 절대적으로 음악적 연주방식의 영향을 받았다.

독일어에 있어서 그 누구도 이렇게 음악적 산문의 느낌을 지녔던 사람은 아직까지 없었다. 일찍이 도달할 수 없었던 언어의 다성음을 하나하나 개별적인 것까지 느낀다는 것은 음악가에게 대가의 총보를 연구하는 것이 최고의 즐거움인 것처럼 언어의 마술사에게는 환락을 의미했다. 실로 첨예화된 불일치의 배후에는 얼마나 많은 조화가 비밀스럽게 감추어져 있는가! 도취로 충만한 것 속에는 얼마나 명료한 형식 추구의 정신이 깃들어 있는가! 그럴 수밖에 없는 것이 언어의 예민한 부분만 음악적 변주의 형식을 취하는 것이 아니라, 작품들 자체가 교향곡처럼 느껴지기 때문이다. 그의 저작들은 더 이상 정신적으로 계획되고, 냉철하게 계산된 건축술에서 이루어지는 것이 아니라, 음악적 영감으로부터 직접 완성되었다. 니체는《차라투스트라》에 관해 그것은 "제9교향곡 1악장의 정신으로" 집필되었다고 언급한 바 있다. 그런가 하면《이 사람을 보라》를 위한 서막은 유일무이한 언어의 매력을 보여주었다. 이 기념비적인 문장들을 보면, 장래에 세워질 대성당을 위한 파이프오르간의 전주가 떠오르지 않는가? 〈밤의 찬가〉나 〈곤돌라의 뱃노래〉 등의 시들은 무한한 고독의 깊이에서 우러나오는 인간 목소리의 원형 같지 않은

가? 아폴로 찬가와 디오니소스 찬가가 아니라면, 도취가 어떻게 그토록 영웅적이고 그리스적인 음악으로 변화할 수 있었겠는가? 위로부터는 남국의 태양 같은 명료함이 빛나고, 아래로부터는 음악의 물결이 감동을 선사했다. 이렇게 그의 언어는 결단코 쉬지 않는 파도가 되어 대양으로 나아갔다. 니체의 정신은 이렇게 바다처럼 거대한 영역을 이루며 몰락의 소용돌이를 향해 선회를 거듭했다.

음악이 폭풍처럼 거세고 강렬하게 자신의 내부로 울려왔을 때, 광기의 예언자 니체는 곧바로 음악의 위험을 인식했다. 그는 이 폭풍이 자신까지도 말살할 수 있다고 느꼈다. 하지만 괴테가 위험을 회피한 반면, 니체는 항상 위험에 맞섰다. —언젠가 니체는 "음악에 대한 괴테의 조심스런 자세"라는 기록을 남긴 적이 있었다. 가치의 전도, 가치의 굴절은 그의 방어방법이었다. 그리하여 그는 (병에 대해서처럼) 독에서 약품을 만들어냈다. 음악은 이제 그에게 고전문헌학 시절과는 다른 것이 되어야 했다. 당시에 그는 신경의 고양된 긴장, 감정의 자극(바그너를 생각하라!), 침착하고 학자적인 실존에 대한 등가물을 원했다. 그러나 그의 사유 자체가 방종, 감정의 충일이 되어버린 현시점에 있어서, 일종의 영적인 진정제, 내적 안정으로서의 음악을 필요로 했다. 더 이상 음악은 그에게 도취가 아니라, 횔덜린의 말대로 "성스러운 냉정성"을 주어야 했다. "자극제로서의 음악이 아니라 기분전환으로서의 음악"이 그에게 필요했다. 그가 사상의 치열한 싸움으로부터 크게 다치고 녹초가 되어 비틀거릴 때, 그는 자신이 도피할 수 있는 음악을 원했다. 다시 말해 피난처, 온천, 마음을 깨끗하게 정화해 주는 수정 같은 물결을 원했다. ─ 억눌리고, 무겁고, 격렬한 영혼의 음악이 아니라 저 위의 청명한 하늘로부터 내려오는 음악, 신성한 음악을 필요로 했다. 그가 잊을 수 없는 음악은 그를 다시 자신의 내부로 몰아넣는 음악이 아니라, "긍정적으로 말하고 행동하는" 남국의 음악, 조화 속에서 맑은 물처럼 흐르는 순수한 음악, "피리 소리가 되어

울리는" 음악이었다. (자신의 내부에서 이글거리는) 카오스가 아니라 모든 것이 쉬고 천체만이 조물주를 찬양하던 창조의 제7일의 음악, 휴식으로서의 음악이 그에게 필요했다. "자, 나는 항구에 닿았으니, 음악이여!"

경쾌함, 그것이 니체의 마지막 사랑이자 최고의 척도였다. 가볍게 하는 것, 건강하게 하는 것은 선한 것이었다. 음식, 정신, 공기, 태양, 경치, 음악에서든 마찬가지였다. 가볍게 떠오르는 것, 삶의 어둠과 둔중함 및 진리의 불순함을 잊도록 돕는 것만이 은총이었다. 이 때문에 "삶의 가능성의 인도자", "삶을 위한 위대한 자극제"로서의 예술을 최종적으로 그는 사랑하게 되었다. 밝고 가볍고, 위안을 주는 음악은 이때부터 격앙된 자를 달래주는 가장 훌륭한 청량음료였다. 그는 이렇게까지 말했다. "음악이 없는 인생이란 고통일 뿐이고 오류이다." 열병환자 니체가 자신의 마지막 위기의 순간에 뜨거운 입술로 청량음료를 마시려 한 것보다 더 열렬한 갈망은 있을 수 없었다. "일찍이 어떤 사람이 이토록 음악에 대한 갈증을 가졌던가?" 이렇게 음악은 그의 최후의 구원, 자기 자신으로부터의 구원이었다. 이런 까닭에 마취제와 자극제를 통해 음악의 순수함을 마비시킨 바그너에 대한 묵시록적 증오심이 생겼던 것이며, 이 때문에 "찢겨진 상처처럼 음악의 운명에 대한" 고통이 있었던 것이다. 고독한 자 니체는 모든 신들을 뿌리쳤다. 그는 영혼을 신선하게 하고 영원히 젊게 하는 신들의 음료와 양식을 빼앗기고 싶지 않았다. "예술, 예술보다 더 한 것은 없다. 우리는 진리라는 것 때문에 파멸하지 않을 그런 예술을 갖고 있다." 그는 어려움에 굴하지 않는 삶의 유일한 힘, 예술에 사력을 다해 매달렸다. 예술은 그를 붙잡아 행복한 순간으로 고양시킬 것 같았다.

그런데 음악은 그의 주문에 응답하듯 선하게 고개를 숙이고, 그의 쓰러지는 육체를 포옹하는 것이었다. 모든 사람들이 이 열병환자를 떠난 상태였다. 친구들도 이미 오래전에 떠났다. 그의 사고는 늘 길에서 멀리 떨어져 방황하고 있었다. 오직 음악만이 최후의 고독, 제7의 고독에 이르도록 따라다녔다. 그가 만지는 것을 음악도 함께 만졌다. 그가 말하는 곳에서, 음악도 소리 내어 울려 퍼졌다. 음악은 쓰러지려는 그를 늘 다시 잡아채어 올렸다. 마침내 그가 기력을 다했을 때, 음악은 여전히 그의 끊어지려는 영혼을 지키고 있었다. 정신을 잃은 그의 방에 유일한 친구 오버베크가 들어왔을 때, 그는 손을 떨며 화음을 찾으려는 듯 피아노에 앉아 있었다. 음악이 넋을 잃은 그를 잠시 일깨웠을 때, 그는 출발을 알리는 힘찬 멜로디로 곤돌라의 노래를 불렀다. 음악은 그의 정신의 어둠 속 깊은 곳까지 뒤따라갔다. 죽음과 삶이 그의 면전에서 광기 어린 모습으로 교차하고 있었다.

최후의 고독

위대한 인간은 부딪치고, 억눌리고,
온갖 고초를 당하며 고독에 이른다.

"고독이여, 나의 고향 같은 너 고독이여!" 정적의
빙하세계로부터 이 우울한 노래가 흘러나왔다. 차
라투스트라는 마지막 밤을 앞두고 영원한 귀향의
노래, 저녁의 노래를 지었다. 고독은 언제나 방랑자
의 유일한 거처, 차가운 벽난로, 딱딱한 지붕이었기
때문이다. 그는 수많은 도시를 배회하며 정신의 끝
없는 유랑을 겪었다. 종종 고독을 면해보려고 외국
에도 있었다. 그러나 그는 늘 고독으로 되돌아왔다.
상처를 입고 지친 채, 실망한 상태로 그의 "고향인
고독"으로 되돌아왔다.

그러나 고독은 늘 변화무쌍한 그와 함께 유랑했기 때문에, 고독 자체도 변화를 거듭했다. 그는 고독의 얼굴을 들여다볼 때면 놀라움을 금치 못했다. 그 이유는 고독이 오랜 동거 끝에 자신을 너무 닮아버렸기 때문이다. 고독은 자신처럼 더욱 혹독하고, 매정하고, 폭력적으로 변해 있었다. 고독은 고통과 아울러 점점 더해가는 위험을 체득하고 있었다. 그런데 그가 다정하게 오랜 동반자, 친숙한 고독을 향해 이름을 불렀을 때, 그 이름은 더 이상 고독이 아니었다. 그 이름은 이제 최후의 고독, 제7의 고독으로 불렸다. 더 이상 홀로 있음이 아니라, 홀로 버려져 있음으로 변해 있었다. 그럴 수 있는 것이 최후의 니체 주변은 무섭도록 텅 비어버리고, 무자비한 정적만이 감돌았기 때문이다. 어떤 은둔자, 수사, 고행자도 이렇게 잔인하게 버려진 적이 없었을 것이다. 광신도인 고독은 니체라는 신을 모시고 있었다. 그의 그늘은 고독의 오두막에 거처를 마련하고, 고독의 기둥에 다리를 뻗고 있었다. 그러나 "신의 살해자"인 니체는 신도 인간도 더 이상 소유하고 있지 않았다. 그가 자기 자신에게서 뭔가 더 많이 얻으면 얻을수록, 그만큼 더 세상에서 등져갔다. 그가 더 멀리 유랑하면 할수록, 그에게는 "황폐함"이 그만큼 더 커졌다.

　반면에 고독 속에서 집필된 저서들은 서서히 사람들에게 매혹적인 힘을 더 크게 발휘했다. 이 저서들은 암묵적인 힘을 보여주면서 눈에 보이지 않는 영향권을 형성하고 있었다. 하지만 니체의 저서는 반발을 불러오고, 상승된 만큼 친숙한 모든 것을 그에게서 박탈했다. 점점 더 그 책들은 그와 현실과의 관계를 차단시켰다. 새 책이 나오면 친구 하나를 잃었다. 작품이 새로 나올 때마다 관계가 끊어졌다. 갈수록 희미한 마지막 관심조차도 그의 행동 때문에 차갑게 얼어붙었다. 처음에는 고전문헌학 동료들과 작별했고, 다음에는 바그너를 위시한 그 주변 사람들, 끝으로 청소년기의 친구들과의 관계가 끊어졌다. 그의 책들의 경우에도 독일에서는 출간해줄 출판인이 없었다. 그의 20년간의 산물들은 지하실에 수북하게 쌓여 있었다. 그는 책들을 발간하기 위해 근근이 모아둔 돈과 희사 받은 돈을 어쩔 수 없이 사용해야만 했다. 그러나 그의 책을 사는 사람은 없었다. 심지어 자신의 책을 증정해도 마지막 시기의 니체는 독자를 찾을 수 없었다.

《차라투스트라》 제4부의 경우 그는 자비로 겨우 40부를 더 인쇄할 수 있었다. 그가 만일 국민 모두에게 한 권씩 보낸다면 7000만 권이었던 독일에서, 겨우 7명의 독자를 찾을 수 있었다. 니체는 그의 창조적 능력에 비해 시대에 너무 낯설고 이해될 수 없는 존재가 되어버렸다. 어느 누구도 그에게 약간의 신뢰나 감사의 마음을 주지 않았다. 반대로 어린 시절의 친구 가운데 마지막 남은 친구 오버베크를 잃지 않으려고, 집필한 책에 대해 사과를 해야만 했다. 니체가 다음과 같이 말할 때의 불안한 어조를 들어보라. 우리는 그의 당혹스런 얼굴과 손짓, 새로운 충격을 두려워하는 엉거주춤한 자세를 보게 된다. "옛 친구여, 이 글을 끝까지 읽고, 부디 당황해 하거나 낮

설어 하지 말게. 전력을 다하여 좋게 봐주게. 그 책이 자네에게 견디기 힘들지라도, 아마 백여 곳이 그렇진 않을 걸세." 그리하여 세기를 대표하는 정신적 인물은 1887년 그의 동시대인들에게 시대의 가장 위대한 책들을 건넸다. 하지만 우정관계가 깨어지지 않는 것보다 더 영웅적인 것은 없었다. "차라투스트라도 우정을 깨트릴 수는 없었을 것이다!" 니체의 다음 세대를 위한 창조는 일종의 인내력시험, 고통이 되어버렸다. 시대의 열등감과 천재 사이의 거리는 이렇게 좁힐 수가 없었다. 그의 호흡을 둘러싼 공기가 희박해질수록, 주위는 점점 더 고요하고 텅 비어가고 있었다.

이런 적막이 니체의 마지막 고독, 제7의 고독을 지옥 같은 상태에 빠트렸다. 금속으로 된 고독의 벽에 머리를 부딪쳐서 상처를 받았다. "나의 차라투스트라가 그랬듯이 그런 탄원에 대해 영혼의 가장 깊은 곳에서조차 한 마디의 대답도 들을 수가 없었다. 아무것도, 아무것도 들을 수가 없었다. 언제나 소리 없는 고독, 천 겹을 두른 고독만이 남아 있었다. —이런 고독은 모든 개념을 넘어서서 무시무시한 어떤 것이다. 이로 말미암아 가장 강한 인간조차 파멸할 수 있으리라." 니체는 이렇게 신음하며 다음과 같이 덧붙였다. "물론 나는 가장 강한 인간이 아니다. 그 이래로 나는 마치 치명상을 당한 것처럼 느껴진다." 그럼에도 그가 책을 발표한 뒤 원했던 것은 갈채나 동조, 명성이 아니었다. 그의 호전적인 기질로 볼 때 분노, 격분, 멸시와 조롱보다 더 어울리는 것은 없었을 것이다. "터질 것처럼 팽팽해진 긴장상태에서 어떤 감정이든 그것이 강렬하다면, 그것은 우리에게 좋은 것이다." 그러나 차갑든, 뜨겁든, 미온적이든 어떤 대답이 있었더라면 그는 외롭지 않았을 것이다. 어떤 반응이든 그것은 그의 실존과 정신적 삶을 보장해 주었을 것이다. 그러나 그의 친구들조차 불안해하며 회피했다. 편지에서조차 그 어떤 판단도 하지 않았다. 이것이 그의 내부를 파먹고, 자존심을 멍들게 한 상처였다. 그의 자의식은 불타버리고, 그의 영혼은 까맣게 그을렸다. 그는 비통함을 토로했다. "아무 대답도 들을 수 없는 상처를 갖게 되었다." 그것이 그의 고독을 아프게 자극하고, 뜨겁게 달구었다.

이 열기는 그의 상처로부터 돌연 부풀어 올랐다. 이에 관해 우리는 그의 후기에 쓴 작품들과 편지들을 살펴볼 필요가 있다. 거기에는 그가 희박한 대기의 압박 아래서 고통을 감수하면서도 얼마나 뜨겁게 살았는지 잘 나타난다. 그는 등산가, 비행선 조종사의 심장을 가지고 격렬하게 호흡했으며, 클라이스트의 유서에 나타난 내용과 흡사하게 엄청난 긴장 속에서 살았다. 마치 터져버리기 직전의 엔진처럼 위험한 굉음을 내기 일쑤였다. 그의 인내심 많고 고상한 거동은 성급하고 신경질적인 성향으로 바뀌었다. "오랜 침묵 때문에 자존심이 상했다"고 그는 말한 바 있는데, 이젠 어떻게 해서든 사람들의 대답을 받고자 했다. 그는 편지와 전보를 보내 그의 책의 인쇄를 독려했다. 뭔가 소홀함이 없도록 작업에 박차를 가했다. 자신의 주요저작인 《권력에의 의지》가 모두

완결될 때까지 기다리는 것이 아니라, 그 일부를 성급하게 끌어내어 불을 지르듯 시대를 향해 내던졌다. "온화한 목소리"는 사라졌고, 억눌린 고통과 조롱조의 분노로 가득한 이 최후의 작품들에서는 신음소리가 새어나왔다. 이 작품들이야말로 조바심의 채찍을 맞으며 성급히 완성되었던 것이다.

"자존심이 상했던" 그는 세상이 마침내 자신을 향해 거세게 외치며 반발하도록 도전장을 내밀었다. 그는 《이 사람을 보라》에서는 세상을 더욱 자극하기 위해 자신의 삶을 서술했다. 그것도 "세계사적이 되려는 냉소주의를 가지고" 자신의 삶을 이야기했다. 니체가 던진 최후의 기념비적인 책자들만큼 열망에 가득 차고, 병적으로 경련하면서 초조하게 대답을 기다리는 책들은 결코 없었을 것이다. 더 이상 결실을 잃지 않으려는 불안감과 광적인 조바심이 대답을 얻으려는 갈망에 내재되어 있었다. 우리는 채찍질 뒤의 매 순간을 그가 어떻게 감수했는지 느낄 수 있다. 또한 감동의 외침소리를 듣기 위해 어떻게 그가 긴장 속에서 진심으로 고개를 낮추고 있었는지도 감지할 수 있다. 그럼에도 감동이란 전혀 없었다. 이 "푸른" 고독을 향해 대답도 전혀 없었다. 강철로 만든 목걸이처럼 침묵만이 그의 목을 두르고 있었다. 인류가 알던 어떤 외침도, 그 어떤 피맺힌 절규도 무겁게 드리운 침묵을 깨트릴 수가 없었다. 이제 그는 느꼈다. 신이 있다고 해도 마지막 고독이라는 감옥에서 그를 구원할 수 없다는 것을.

이때 그의 마지막 순간에 묵시록적 분노가 여위어가는 그를 붙잡았다. 애꾸눈의 거인처럼 니체는 울부짖으며 자신의 주변으로 돌 조각을 집어던지곤, 그것이 맞았는지 쳐다보지도 않았다. 자신과 고통을 나누거나 함께 공감할 사람이 아무도 없었기에, 그는 자신의 떨리는 가슴을 움켜쥘 수밖에 없었다. 신이란 신은 그가 모두 살해했기에, 이제 그는 스스로 신이 되고자 했다. "우리들 스스로가 신이 되어, 각자의 행위를 가치 있게 나타낼 수는 없는가?" 그는 모든 제단을 부수고 자신의 제단을 세웠다. 아무도 찬양하지 않는 저서 《이 사람을 보라》에서 스스로를 찬양하기 위해 제단을 세웠다. 언어의 육중한 돌들을 가지고 탑을 세웠다. 금세기에는 한 번도 들린 적 없던 우렁찬 해머 소리가 울려 퍼졌다. 니체는 감격한 나머지 도취의 물결로 가득 찬 죽음의 노래, 그의 행동과 승리를 축하하는 아폴로찬가를 부르기 시작했다. 그의 노래는 모호했는데, 거기에는 다가올 뇌우를 알리기라도 하려는 듯 우렁찬 소리가 섞여 있었다. 이윽고 날카롭고도 절망에 가까운 커다란 웃음소리가 들려왔다. 우리의 영혼을 톱으로 써는 혁명가의 웃음, 그것은 《이 사람을 보라》의 찬가였다. 하지만 노래가 점점 더 하늘을 향해 퍼져갈수록, 그의 홍소는 침묵의 빙하 속으로 점점 더 날카롭게 파고들었다. 그는 황홀경에 빠져 두 팔을 들어 올렸고, 그의 발은 술에 취한 듯 경련을 일으키고 있었다. 돌연 춤이 시작되는 것이었다. 이는 심연 위에서 추는 춤, 자신의 몰락을 알리는 춤이었다.

심연 위에서 추는 춤

네가 오랫동안 심연 속을 들여다보면,
심연 또한 너의 내면을 들여다본다.

니체의 마지막 시기에 해당하는 1888년 가을 무렵의 5개월은 연대기로 볼 때 유일하게 창조적 생산성의 시기에 해당한다. 아마도 이렇게 짧은 시기에 이렇게 강렬하고 부단히, 철두철미하게 많은 것을 사유했던 천재는 없었을 것이다. 어떤 사람의 두뇌도 이처럼 이념과 형상으로 넘쳐흐르고, 운명적인 것으로 특징지을 수 있을 만큼 음악적 리듬으로 일렁인 적은 현세에서 없었을 것이다. 이 포만감, 짜릿한 순간의 황홀경, 창조의 광기 어린 열정에 있어서 어느 시대의 정신사를 비교해 보아도 무한성에 관한 한 니체와 상대할 자가 없었다.

어쩌면 다음으로는 같은 하늘 아래, 같은 해에 한 화가가 광기에 쫓기며, 마찬가지로 최고의 생산성에 도달했는지도 모른다. 아를에 있는 정신병원의 정원에서 반 고흐는 같은 속도, 같은 빛에 대한 열광, 같은 창조적 열광으로 그림을 그리고 있었다. 마음속에 두었던 그림들 가운데 하나가 완성되자마자, 그는 이미 다른 캔버스로 옮겨가 정확히 붓끝을 움직였다. 그렇게 하는 데 망설임이나 특별한 계획, 숙고 따위는 없었다. 창조는 절대적 명령이 되어버렸다. 여기에는 광적인 형안과 재빨리 포착하는 안목, 환상의 끊임없는 연속성이 필요했다. 1시간 전에 고흐를 떠났던 친구들이 다시 돌아왔을 때, 그들은 이미 그림이 완성되어 있는 것을 보고 놀라곤 했다. 그러면 고흐는 벌써 붓에 물을 묻히고 다음 그림을 그리려고 충혈된 눈으로 준비하는 것이었다. 그를 괴롭히는 광기는 숨 쉴 틈이나 휴식을 참지 못했다. 미친 듯이 말을 모는 기수가 헐떡거리며 지쳐 쓰러질 때까지 잔인하게 그를 부추겼다.

니체 역시 줄곧 작품 활동에 매달렸다. 숨을 쉴 틈도 없이 정확하고 빠른 속도로 일을 하는 솜씨는 타의 추종을 불허했다. 10일, 2주, 3주, 그의 마지막 저작들은 이렇게 계속되었다. 생산, 지연, 분만, 기획과 최종적 형상화 등의 절차가 서로 맞물리며 재빠르게 진행되었다. 이렇게 하는 데 잠정적 준비기간이나 휴지, 탐색, 다듬기, 변경 및 수정도 일절 없었다. 모든 것은 그 즉시 정확하고 확정적으로, 변동 없이 이루어졌다. 그러면서도 열정적인 동시에 냉철했다. 그 어떤 두뇌도 이렇게 지속적인 초긴장을 최후의 떨리는 말마디로까지 짜릿하게 이루어낸 일이 없었다. 모호한 관념들이 마치 마법에 걸린 듯 이렇게 순식간에 분해된 일이 없었다. 환상은 곧바로 말이 되었고, 이념은 완벽한 명료성이 되었다. 이런 충만함에도 불구하고 우리는 그의 작품에서 힘들인 노력의 흔적을 찾지 못한다. 그에게서 창작은 이미 노동이 되는 것을 멈추었다. 창작은 더 높은 힘의 순수 자유방임이었다.

　정신의 힘에 자극받은 그는 올려다보기만 해도 원거리를 겨냥하는 "포괄적 사고"의 시각을 얻을 수 있었다. 그의 시각은 과거와 미래에 걸쳐서 거의 무한대의 시공을 넘나들었다(횔덜린처럼 마지막 도약에 의해 신비로운 전망에 도달했다). 그러나 명료함을 중시하는 그는 시공을 명료한 시선으로 포착했다. 그것을 포착하기 위해 뜨겁고 재빠른 손을 내밀어야 했다. 결국 그 어마어마한 시공을 손에 움켜쥐자마자, 그것은 뚜렷이 형태를 갖추고, 음악소리에 떨며 새로운 생명을 얻었다. 이념과 형상의 이런 쇄도는 나폴레옹의 시대에는 전혀 노출되지 않았다. 정신은 여기서 넘쳐흘렀고, 그에게서 자연히 권력으로 변했다. 니체는 "차라투스트라가 나를 엄습했다"고 언급한 바 있는데, 그가 여기서 말하고자 한 것은 늘 초월적 힘 앞에서의 어쩔 줄 모르는 무기력이었다. 이는 마치 의지박약한 사람에게 덮쳐오는 홍수 앞에서 이성의 비밀스런 보호막, 유기적 방어력이 그의 감각기관 어디에선가 와르르 무너지는 것 같은 그런 것이었다. 니체는 자신의 마지막 작품들에 대해 "아마 이와 같은 힘의 충일로부터 뭔가가 이루어진 적은 한 번도 없었을 것이다"라고 아주 들뜬 어조로 말했다. 하지만 그것이 자신에게 주어진 힘의 분출이라고는 감히 말하지 않았다. 반대로 그는 자신을 겸허하게 "피안의 정언적 명령을 전하는 입", 또는 더 높은 광기에 신들린 자 정도로만 느꼈다.

그러나 이런 영감의 기적, 5개월 동안 중단 없이 써내려간 창조물의 놀라운 힘과 전율을 누가 묘사할 수 있으랴? 당시에 니체 본인은 가장 직접적이고 실제적인 작업을 관철해 나가며, 감사하게도 거의 무아지경에서 자신의 체험을 기술했다. 이에 관해 우리는 그저 번갯불로 두들겨 쓴 것 같은 그의 산문의 일부를 인용해 볼 수 있을 따름이다. "강렬한 시대의 시인이 영감이라고 칭한 것에 관해 19세기 말에는 어느 누가 명확한 개념을 가지고 있었겠는가? 다른 경우라면 내가 그것을 기술해보고 싶다. ─자신에게 아무리 미신의 잔재가 없다 할지라도, 사람들은 실제로 이를 물리치는 법은 알지 못한 채 표상이나 순수 육화肉化, 초월적 힘을 전달하는 입이나 매개로만 머물러 있을 뿐이다. 갑자기 형언키 어려운 확실성과 분명함에 의해 어떤 것이 눈에 보이고 귀에 들리며, 또 어떤 것을 가장 깊은 곳에서 흔들어 벗겨낸다는 의미에서의 현시顯示라는 개념은 단순히 정황만을 기술할 뿐이다. 우리는 듣지만, 찾지는 않는다. 우리는 취하기는 하지만, 누가 거기서 주는지는 묻지 않는다. 내게는 망설임 없이 필연적으로 어떤 생각이 번갯불처럼 뇌리에 떠오를 때가 있는데, 이럴 때면 나는 선택의 여지가 없었다. 엄청난 긴장이 돌연 눈물로 터져 나오는 황홀한 순간, 이럴 경우 발걸음이 어느 때는 부지중에 황급해지고, 어느 때는 느려지기도 한다. 때로는 발끝에까지 이르는 미세한 전율과 찰랑거리는 소리까지도 구별하는, 완전히 깨어 있는 자신을 발견한다. 그런가 하면 무한한 행복에 빠지기도 하는데, 이럴 경우 처절한 고통과 암울

함은 모순이 아니라 조건과 도전, 수많은 색깔 가운데 존재하는 필연적 색깔로서 작용한다. 형식들의 넓은 공간을 뒤덮는 리드미컬한 관계들의 본능, 길이, 팽창된 리듬에 대한 욕구는 거의 영감의 힘을 측정하는 척도에 가깝다. 그것은 압력과 긴장을 완화시키는 일종의 조율이다. 모든 것은 최고도에 이르면 의지와 관계없이 발생한다. 그러나 그것은 마치 자유감정, 절대성, 힘, 신성의 폭풍 속에 있는 것처럼 발생한다. 형상과 비유의 무의지성이야말로 가장 특이하다. 여기서는 형상이란 무엇이고 비유란 무엇인지 더 이상 개념이 없다. 모든 것은 가장 가깝고, 가장 정확하며, 가장 단순한 표현으로 스스로를 드러낸다. 차라투스트라의 말을 상기하면, 마치 사물들 자체가 스스로 다가와 비유가 되겠다고 자청하는 것처럼 보인다(차라투스트라에 의하면, '여기서 모든 사물들은 너의 말을 향해 살랑거리며 다가와, 너에게 사랑스럽게 꼬리를 흔든다. 왜냐하면 그들은 너의 등에 올라타고 달리기를 원하기 때문이다. 그러면 너는 매번 비유의 등에 올라타고 진리를 향해 달린다. 여기서 모든 존재의 말과 말의 상자는 너의 면전에서 뛰어오른다. 모든 존재는 여기서 말이 되려고 하고, 모든 존재의 형성 과정은 너에 관해 말하는 법을 배우려고 한다').”

나는 이렇게 현란하고 자기찬양의 행복한 어조에 관해 알고 있다. 오늘날 의사들은 그런 태도에서 죽음의 열락, 파멸의 행복한 종말감정과 과대망상증 환자의 낙인을 찾아냈다. 그것은 정신병자들에게는 전형적인 자기과시인 것이다. 그럼에도 나는 반문하고자 한다. 창조적 열광의 상태가 언제 그토록 투명하게 영원한 것 속으로 함께 묻혀 들어간 적이 있었는가? 그렇다, 니체의 마지막 작품들은 정말 고유하고, 전대미문의 기적이라고 할 수 있다. 극도의 명료성에는 극도의 도취가 몽유병자처럼 따라다닌다. 그의 작품들은 바커스의 도취와 야수의 힘 한가운데 뱀처럼 영악하게 몸을 도사리고 있다. 그렇지 않다 해도 디오니소스로부터 영혼의 도취를 물려받은 탕아들은 모두가 무거운 입술과 어둠을 통해 억눌린 말을 갖고 있다. 꿈속에서 말하는 것처럼 그들은 때로는 분명하고 때로는 애매하게 말한다. 심연 속을 들여다보는 그들 모두는 오르페우스 내지 신탁의 어조, 심연에서 들려오는 언어의 원초적 신비의 어조를 갖고 있다. 이를 우리의 감각만이 예감하고 있으며, 우리의 정신은 더 이상 이해하지 못한다. 그럼에도 니체는 도취의 한가운데서도 다이아몬드처럼 냉정을 유지했다. 그의 말은 도취의 불길 속에서도 불타 없어지는 법이 없이 날카로웠다.

아마도 이토록 폭넓고 냉정하게, 이토록 확고하고 분명하게 미혹과 오류를 뛰어넘은 생동적 인간은 결코 없었을 것이다. 니체의 표현은 비밀로(횔덜린이나 신비주의자 및 신탁에 의존하는 자들처럼) 채색되거나 신비화되지도 않았다. 정반대로 그는 자신의 최후의 순간보다 더 명료하고 진지한 적이 없었다. 오히려 비밀이 환하게 밝혀졌다고 말할 수 있을 것 같다. 물론 이번에 환하게 타오른 것은 위험한 광채로서, 병적인 것과 환상적인 것이 섞여 있었다. 그것은 빙산 위에 붉게 떠오른 정오의 태양빛, 찬란하면서도 공포를 자아내는 영혼의 극광과도 같았다. 그 빛은 사람들의 마음을 따뜻하게 하는 것이 아니라 두렵게 했다. 그 빛은 눈부시게 하는 것이 아니라 살기를 띠고 있었다. 그는 횔덜린처럼 감정의 파도, 넘쳐흐르는 우울로부터 완전히 빠져나오지 못하고 있었다. 그는 자신의 열기로 빛을 발하고 있었다. 최고조로 달구어져 하얗게 불타는 광채에 휩싸여 있었다. 니체의 붕괴는 일종의 빛의 죽음, 자기 화염으로부터 변화된 정신의 탄화현상이었다.

그의 영혼은 이미 오랫동안 너무 강렬하게 불타오르며 경련을 일으켰다. 그 자신도 위에서 내려오는 빛의 충일과 영혼의 거센 도취상태에 경악하곤 했다. "감정의 충일로 말미암아 나는 소름끼치도록 두렵고 웃음도 나온다." 그러나 아무리 해도 이 황홀경의 물살, 매처럼 하늘로부터 떨어져 내려오는 생각들의 흐름을 그는 떨쳐버릴 수가 없었다. 밤과 낮, 매시간, 그는 온갖 사고와 환상에 휩싸여 있었고, 그럴 때면 피가 그의 관자놀이에서 치솟아 오르며 윙윙 소리를 내는 것이었다. 밤에는 수면제의 도움으로 수면을 취함으로써, 우르르 쏟아지는 환상의 소나기를 간신히 막을 수 있었다. 하지만 그의 신경다발은 불붙은 철사처럼 달구어져 있었다. 그러면 그의 온몸은 전기에 감전된 듯 경련을 일으키거나 뜨겁게 불타올랐다.

이런 영감의 소용돌이 속에서, 물결치는 사고의 끊임없는 쇄도 속에서 그가 발을 디딜 확고한 기반을 상실하고 살아갔다면, 그것은 기적이 아니었을까? 온갖 정신의 광기에 찢겨진 니체가 도대체 자신이 누구인지 알지 못했다면, 경이로운 일이 아니었을까? 한계의 초월자인 그가 자신의 한계를 알지 못했다면, 이 또한 기적이 아니었을까? 이미 오랫동안 그는 편지의 말미에 프리드리히 니체라고 서명하는 것을 꺼려했다(특히 자신이 아니라 더 높은 힘의 명령에 따른다고 느낀 뒤부터 그랬다). 왜냐하면 나움베르크 출신의 목사 아들인 그가, 아무리 어두운 충동에 사로잡혔다 해도, 그는 더 이상 무서운 것을 체험한 자가 아니라 과중한 짐을 짊어진 이름 없는 어떤 존재, 인류의 새로운 수난자였기 때문이다. 따라서 그는 늘 "괴물" 또는 "십자가에 못 박힌 자", "반기독교도", "디오니소스"와 같은 상징적인 별명으로 서명하곤 했다. 이런 행위는 자신의 마지막 사명감을 깨달은 뒤부터, 즉 그가 강력한 힘을 가지고 자신을 더 이상 인간이 아니라 힘과 천직으로 느낀 뒤부터였다. 니체는 세상의 차가운 침묵을 향해 오만불손하게 외쳤다. "나는 인간이 아니라 다이너마이트이다." 또는 "나는 인류의 역사를 두 쪽 낸 세계사적 사건이다."

불타는 모스크바에서 나폴레옹이 혹독한 러시아의 겨울을 대면한 채, 주변에서 강력했던 군대의 비참한 상황을 목도하면서도 여전히 당당하고 위협적인 포고령을(우스꽝스럽지만 당당하게) 선포했듯이, 니체 또한 그의 두뇌의 불타는 크렘린 궁전에서 무시무시한 책자들을 저술하고 있었다. 그는 한 책자

에서 독일의 황제를 로마로 오도록 명했는데, 그를
총살하기 위해서였다. 나아가 독일과 맞서기 위해
유럽의 힘의 결집을 촉구했다. 그는 독일을 꼼짝 못
하게 가둬둘 심산이었다. 묵시록적인 분노가 미친
듯이 날뛰다가 이토록 공허하게 끝난 일은 없었을
것이다. 오만불손한 거동이 이렇게 정신을 지상적인
모든 것 너머로 내쫓은 일 또한 없었을 것이다. 그의
방자한 말은 흡사 망치소리처럼 전 세계의 건물을
두들겼다. 그는 달력의 원년이 예수 탄생일에서 자
신이 태어난 날로 바뀌어야 한다고 요구하면서, 자
신의 초상을 시대의 모든 형상 위에 세웠다. 니체의
병적인 망상은 정신이 교란된 그 누구보다도 과대
망상적이었다. 이 경우에도 전처럼 그를 지배하는
것은 위풍당당하지만 치명적인 과도함이었다.

어떤 창조적 인간도 이 마지막 가을의 니체만큼
영감의 폭풍과 격렬하게 마주친 바가 없었다. "이렇
게 작품을 쓴 적이 없었고, 이렇게 느껴보고 시달려
본 적도 없었다. 이렇게 디오니소스라는 신은 고뇌

한다." 망상의 한가운데서 튀어나온 이 말들은 그럼에도 진실이었다. 왜냐하면 실스 마리아의 하숙집, 지옥 같은 5층 작은 방에는 병들어 발작을 일으키던 니체와 더불어 말년에 와서야 세기의 느낌을 반영하던 대담무쌍한 사고와 오만불손한 말들이 동거하고 있었기 때문이다. 창조적 정신은 태양빛에 타버린 낮은 지붕 아래로 도피해서는, 가련하고 부끄러운 패배자에게 개인으로서는 감당할 수 없을 만큼 충만한 것을 부여했다. 이 비좁은 방에서 그의 놀라워서 비틀거리는 감각은 무한성에 압도되어 질식할 지경이었다. 순간의 깨달음과 계시, 번갯불 같은 타격의 무게에 짓눌린 그의 가련한 지상적 감각은 미궁을 헤매기 일쑤였다. 니체는 정신이 혼미했던 횔덜린처럼 자신을 압도하는 신이 있다고 느꼈다. 눈빛을 허용치 않고 입김만으로도 모든 것을 연소시키는 불타는 신의 존재를 느낀 것 같았다. 충격으로 몸을 떨던 니체는 신의 얼굴을 보려고 계속 일어섰다. 그런데 그의 생각들이 갑자기 흩어져 버렸다. 왜냐하면 형용할 수 없는 것을 느끼고, 작품화하고, 고통을 앓아 온 그가 바로, 바로 신이었기 때문이다…. 프리드리히 니체가 다른 신들을 살해한 뒤로 자신이 세상을 지배하는 신이었다…. 아, 그는 누구였던가?… 십자가에 못 박힌 자, 죽은 신인가 또는 살아 있는 신인가?… 그의 청춘의 우상인 디오니소스?… 아니면 둘 다일까? 둘 다 십자가에 못 박힌 디오니소스인가….

　가면 갈수록 생각들이 헝클어지고, 머릿속에는 폭풍이 밝은 광채를 동반한 채 거세게 윙윙거렸다…. 이것은 빛일까, 음악일까? 비아 알베르토 5층의 작은 방에는 음향이 흐르기 시작하고, 사방에는 빛들이 번쩍이며 움직였다. 하늘은 온통 빛과 소리로 가득했다. 아, 얼마나 아름다운 음악인가! 눈물이 그의 턱수염을 타고 따뜻하게, 뜨겁게 흘러내렸다. 이 얼마나 신성한 부드러움인가, 이 얼마나 행복한 순간인가!… 그런데 이제 밝은 빛이 막… 그런데 저 아래 길거리에서 사람들이 그를 올려다보며 웃고 있었다. 사람들이 그에게 인사를 했다. 그 근처에 웅크리고 앉아 있는 여자는 바구니에서 마음에 드는 사과를 고르고 있었다. 모두가 신의 살해자인 니체에게 고개를 숙이고 절을 하는 것이었다. 모두가 환호성을 질렀다…. 왜 그러는 걸까?… 물론 그는 알고 있었다. 반기독교도가 나타났던 것이다. 하지만 그들은 "호산나, 호산나" 하며 노래를 불렀다. 모두가 크게 소리를 질렀다. 세계가 음악 앞에서 환호성을 질렀다. 그런데 돌연 사방이 조용해졌다…. 뭔가가 쓰러졌다…. 바로 그였다, 집 앞에서 쓰러진 것이다…. 어느 누군가가 그를 위로 옮겼고, 그는 다시 방 안에 있었다…. 오랫동안 그는 잠들어 있었고, 어느새 사방은 어두워져 있었다…. 피아노 소리가 들리는 것 같았다. 아, 음악!… 갑자기 사람들이 방안에 들어왔다…. 오버베크인가? 그 친구는 바젤에 있을 텐데, 아닌가?… 그는 오버베크가 어디 있는지 알 수가 없었다…. 무엇 때문에 이 사람들은 그를 낯설게, 그렇지만 염려의 눈초리로 바라보는 것일까?….

이때 마차 한 대가 도착했다…. 바퀴가 덜커덩거

리듯이, 기이한 소리가 들렸다. 아마 사람들이 노래를 부르려는 것 같았다…. 그래, 그들은 곤돌라의 뱃노래를 부르기 시작했고, 그도 함께 따라서 불렀다…. 무한한 어둠 속에서 노랫소리가 울려 퍼졌다. 이윽고 방안에는 완전히 다른 분위기가 오랫동안 펼쳐졌다. 점점 더 조용하고 어두워졌다. 더 이상 방안과 밖에는 햇빛이나 다른 광채도 없었다. 저 아래 어디에선가 사람들이 이야기를 나누고 있었다. 한 여자가 나타났다. 저 여자는 그의 누이가 아닐까? 하지만 그녀는 라마승의 나라에서 완전히 떠나지 않았던가?—그에게 책을 읽어주었다. 책이라… 그가 쓴 책이 아니었나? 어느 누군가가 부드럽게 대답해 주었다. 그러나 그는 더 이상 그 말을 이해하지 못했다. 영혼 깊숙이 태풍의 세례를 받은 자에게는 그 어떤 사람의 말도 들리지 않았다. 악마와 눈을 마주친 니체는 눈이 부셔 뜰 수가 없었다.

자유를 위한 교육자

위대함이란 방향을 알려주는 것이다.

"다음 유럽전쟁 이후에는 나를 이해하게 될 것이다." 이 예언적인 말은 니체의 마지막 글들 중에서 불쑥 튀어나온다. 위대한 경고자의 참된 의미, 역사적 필연성을 우리는 세기말 무렵 전 세계가 불안하게 동요하고 위험을 드러낼 때에야 비로소 이해하게 된다. 유럽의 도덕불감증의 전체적 압력은 이 기압골의 천재를 통해 노출되었다. —다가올 역사의 무시무시한 뇌우에 대해 정신의 금자탑을 세운 니체가 앞서 예견했던 것이다. 다른 사상가들이 온갖 미사여구를 써가면서 편안하게 안주할 때, 니체의 "폭넓은 사고"는 위기와 그 원인을 통찰하고 있었다. 니체는 "국가의 편협한 정서와 혈통이라는 독소, 바로 그것 때문에 지금 유럽에서는 민족과 민족이 마치 전염병 환자를 대하듯 서로 등을 돌리고 있다"고 진단했다. 그는 수준 낮은 "멍청이 민족주의"를 역사의 이기적인 사고로 보는 한편, 모든 힘은 벌써 더 높은 미래적 결합을 향해 진행되어 왔다고 파악했다. 파국을 예고하는 그의 성난 입은 신랄하기 그지없었다.

그는 "유럽의 소국가 전략을 영속화하고", 이익관계와 장삿속에 의존하는 도덕을 수호하려는 발작적인 시도에 비판을 가했다. "이런 터무니없는 상황은 더 이상 지속되어서는 안 된다"라고 분노를 터트렸다. "우리를 지탱하는 얼음이 너무 얇아져 버렸다. 우리는 얼음을 녹이는 연풍의 그 모든 위협적인 숨결을 감지한다." 어느 누구도 니체만큼 유럽사회의 건설에 있어서 문젯거리를 심각하게 느끼지 못했다. 어느 누구도 낙관적 자기만족의 시대에 유럽 전체에 걸쳐 정직성과 명료성, 가장 높은 지적 자유로

의 노력을 이렇게 절망적으로 호소한 사람은 없었
다. 어느 누구도 시대가 진부하고 노쇠했으며, 절체
절명의 위기에는 새롭고 폭력적인 것이 시작된다고
니체만큼 강렬하게 느끼지 못했다. 이제 와서야 우
리는 그것을 깨닫고 있다.

　절체절명의 위기를 그는 고통스럽게 예견했고, 고
통스럽게 체험했다. 바로 이것이 그의 위대성이고
영웅적인 측면이다. 그의 정신을 끝없이 괴롭히고
파괴한 극도의 긴장은 그를 더 높은 원소와 접합시
켰다. 그가 겪었던 긴장은 혈종血腫이 터져버리기 이
전의 우리 세계가 보였던 열기와 다를 바 없었다. 정
신의 바다제비들은 언제나 거대한 혁명이나 파국이
발생하기 이전에, 그것을 경고하듯 하늘을 날았다.
전쟁과 위기에 앞서 좀더 높은 원소 속에서 혜성을
출현시켜 피의 궤적을 그리게 하는 민족의 무딘 신
앙, 미신적 신앙도 하나의 진리는 갖고 있는 법이다.
니체는 더 높은 원소에 존재하는 등대, 뇌우를 예고
해주는 번개와 같았다. 다시 말해 그는 폭풍이 골짜

기에 불어닥치기 전에 산 위에서 큰 소리로 신호하는 역할을 수행했던 것이다. 어느 누구도 우리 문화의 닥쳐올 대재난의 힘을 그토록 예리하게 앞서 느낀 사람은 없었다. 그러나 그의 선견지명이 그 시대의 탁하고 정체된 공기를 변화시킬 수 없었다는 것은 영원한 비극이었다. 정신의 하늘에 어떤 징후가 나타나고 예언의 날개가 펄럭였음에도 불구하고, 시대가 아무것도 느끼거나 파악하지 못했다는 것 또한 비극이었다. 세기의 가장 명석한 천재라 해도 시대가 그를 이해하기에는 여건이 무르익지 못했다. 페르시아의 멸망을 목도하고 아테네를 향해 멀리 숨을 헐떡이며 달렸던 마라톤 주자가 오직 승리의 외침을 전하는 것으로 사명을 다했듯이(그런 뒤에 가슴에서 피를 쏟고 죽었지만), 니체 또한 우리 시대의 경악스런 참사를 알리기만 했을 뿐 막을 수는 없었다. 다만 시대를 향해 섬뜩하고 잊을 수 없는 절규를 던졌을 뿐이며, 그런 연후에는 그의 정신도 파괴되고 말았다.

그러나 나의 느낌으로는 그의 참된 행위 및 그 밖에 모든 것을 그의 최고의 독자였던 야콥 부르크하르트가 가장 잘 표현했던 것으로 보인다. 부르크하르트는 니체의 책들이 "세계 내에서의 자주성을 배가시켰다"고 언급했다. 이 영민하고 박식한 저자는 세계의 자주성이 아니라, 세계 내에서의 자주성이라는 것을 강조했다. 그럴 것이 세계 내에서의 자주성이란 하나의 개체에서만 성립될 뿐이고, 대중적 다수와는 연관될 수 없기 때문이다. 그것은 지식이나 교육 등을 통해서 성장하는 것 또한 아니다. 부르크하르트에 의하면 "영웅의 시대란 존재하지 않는다. 다만 영웅적 인간만이 존재할 뿐이다." 세계의 한가운데에 자신만을 위한 자주성을 세웠던 것은 언제나 개체였다. 언제나 자유로운 정신은 하나의 개체, 알렉산더와 같은 개인이었기 때문이다. 알렉산더는 폭풍 속에서 세계의 많은 지역과 제국들을 정복했지만, 물려줄 상속인이 없었다. 자유의 왕국은 언제나 후계자와 관리인, 주석자와 해설자 때문에 멸망했고, 노예들이 말할 차례를 갖게 되었다. 니체의 위대한 자주성은 따라서 (교사들이 생각하는) 학설이 아니라 무한히 밝고 명료한 동시에 열정으로 가득 찬 분위기를 선사했다. 다시 말해 그가 선사한 것은 뇌우와 파괴에서 스스로를 구원한 광적 천성의 분위기였다.

우리가 그의 책에 발을 들여놓으면, 우리는 그 모든 혼탁함과 답답함을 일깨우는 청량한 산소, 자연의 공기를 느끼게 된다. 우리는 그의 책에 펼쳐진 높은 하늘을 자유롭게 바라보면서, 투명하고도 차가운 대기, 뜨거운 열정과 자유정신을 고취하는 깨끗한 대기를 호흡한다. 언제나 자유는 니체의 종국적 의미, 삶과 몰락의 의미였다. 자연 자체의 지속성에 반기를 들어 엄청난 힘을 방출하는 회오리바람처럼, 정신은 때때로 저급한 사상과 도덕의 단조로움에 무섭게 항변하는 광적인 인간을 필요로 한다. 많은 것을 파괴하는 동시에 자신도 파괴되는, 그런 인간을 필요로 한다. 그러나 이런 영웅적인 폭도들은 조용

한 형성자들보다 적지 않게 많은 것을 이루고 형성
해 왔다. 전자가 삶의 충일을 보여주었다면, 후자는
생각하기 어려운 삶의 폭을 해명해 왔다. 그럴 수밖
에 없는 것이 우리는 언제나 비극적 인간에게서만
감정의 깊이를 깨달아 왔기 때문이다. 요컨대 절도
를 초월한 인간에게서만 인류는 무한한 척도를 인식
할 수 있다.

니체